中華美食故事系列

山珍海味文學宴

管家琪／文
尤淑瑜／圖

32則飲食成語故事
60個語文造句運用
18道中華美食典故

自序

豐富有趣的美食故事

管家琪

這是一套什麼樣的書？

首先，這當然不是一套食譜，不是要教大家怎麼做菜。是從文化的角度來談中華美食。

「食」，當然是一種文化，而且是文化中很重要的一部分。

小到以家庭為單位，每個家庭都有自己的飲食文化，比方說，我是一直到國一在同學家吃飯時，才從同學家的餐桌上認識洋蔥，還記得當時我一問「請問這是什麼？」的時候，大家都一臉驚訝的看著我，好像我是一個外星人，因為我媽媽不愛吃洋蔥，我們家的餐桌上從來就沒見過洋蔥；又如，我的爸爸是法官，最喜歡在吃飯的時候順便「開庭」，教訓一下小孩，每每舉證確鑿，讓犯人無可抵賴，只得乖乖低著頭猛扒飯，把那些教訓一起吞下肚；國中時期我念的是女校，我的便當盒全班最大，總有同學驚嘆「哇！比我哥哥（或弟弟）的便當還要大！」，這是因為媽媽沿襲外公外婆的習慣，從來不留剩飯剩菜，我們家的冰箱只要到了晚上，打開一看裡頭幾乎都是空的，只有冰開水；既然晚餐一定要全部清空，在大家下桌以後，剩下的一點剩飯剩菜肯定都會被媽媽掃進我們的便當裡……

就像媽媽不留剩飯剩菜的習慣是來自於外公外婆一樣，我自然也有一些在「食」這方面源自母親的習慣。比方說，我不怎麼吃零食，只吃正餐，頂多偶爾跟朋友們喝下午茶時會吃塊蛋糕之類，但我理解吃零食是一種生活樂趣，大多數的小孩都愛吃零食，所以在我當了媽媽以後，在兩個孩子還小時，我有一條家規，就是每天都要等到晚餐過後才能吃零食，因為「要好好吃正餐，不能用零食來代替正餐，身體才健康」的觀念在我的腦海裡根深蒂固，小時候媽媽幾乎不讓我們吃零食，我則是做了一點點調整……

現在，我的小孩長大了，我從他們的生活，也看到一些他們在「食」這個部分來自於我的影響，而他們也有自己的調整……

所謂的文化，就是這麼一代一代傳承下來的。每個家庭都有自己的家風、自己的生活習慣，其中當然就包括飲食習慣，而大至一個民族，關於「食」當然有很多有趣、有意思的部分。尤其是中華文化上下五千年，光是「食」的部分就有太多太多的文化知識，很多都離不開歷史，因此從這套書裡，你會讀到很多歷史人物和故事。

這套書一共五本，從文化的角度，把關於中華美食方方面面的文化知識，做了　番梳理和介紹，有關中華美食的基本常識、傳統節慶飲食、名人與飲食文化、酒的故事、茶的故事、蔬果的故事，以及語文中的飲食文化等等，還有一百道中華美食的典故（穿插在每一本書裡，數量不一）。

我想強調的是，這套書始終是環繞著文化、故事的角度，所以你可能會覺得奇怪，為什麼有很多知名美食，譬如「糖醋排骨」、「魚香肉絲」、「八寶飯」等等，在「美食典故小學堂」裡卻看不到，這是因為實在找不到什麼相關的、或是可寫的（不會少兒不宜）的典故。還有一些菜餚雖然本身有故事，可是不符合現代保育觀念，而且現在也幾乎絕跡（譬如廣東菜裡曾經有過的「龍虎鬥」，是吃蛇和貓），我們也就不收錄進來了。

目次

山珍海味文學宴

美食典故小學堂

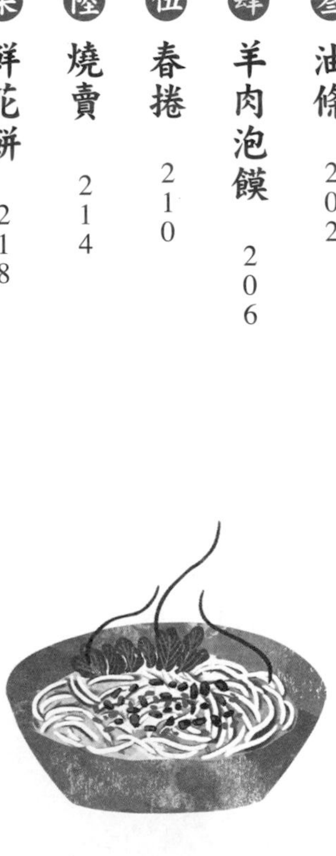

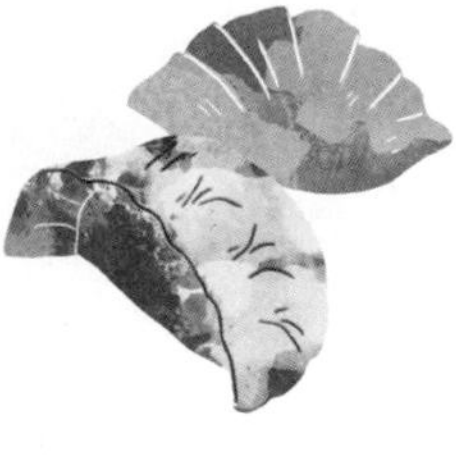

山珍海味文學宴

文學與飲食的美味關係

錦衣玉食

吃好穿好，奢侈過日子

如果要形容日子過得很慘，也許很多人會說「饑寒交迫」，「饑」是饑餓，寒是寒冷。那麼，要怎麼解決這樣的困境？自然必須想辦法把肚子給填飽，並且找到保暖衣物讓自己不再受寒受凍。

為了生存，不就是要能處理好吃和穿這兩件事嗎？

所以，如果這兩件事都能解決，既不用擔心哪天吃了這頓飯會突然就沒了下頓，也不用擔心哪天如果天氣驟變，氣溫陡降，卻沒有什麼保暖的衣物……如果能達到這樣的標準，就屬於「衣食無憂」，應該可以稱得上是小康的境界了。

如果比小康再好一些，不僅不必擔心家裡會突然「揭不開鍋」（就是斷炊的意思），還可以經常買些好吃的，或是有一點經濟能力上上館子，並且有足夠的衣物，這就可以上升到「豐衣足食」的層次了。

如果比「豐衣足食」還要更好，不管吃的、用的都不僅不虞

匱乏，還相當講究；就好像想買一件外套，不會去買最便宜的地攤貨，也不會去普通的商店選購，而是到精品服裝店裡東挑西揀；肚子餓了，也會到昂貴的館子、盡是挑高價的菜餚來點，這就可以說是「錦衣玉食」了。

「錦衣玉食」，是形容豪華奢侈的生活。這個成語出自《魏書・卷八十二・常景傳》：「錦衣玉食，可頤其形。」

常景（生年不詳，卒於西元550年），是北朝魏文學家，河內溫縣（今河南溫縣）人，出身於官宦世家。

「頤」，就是保養的意思。「錦衣玉食，可頤其形」，意思是說，如果吃得好、穿得好，生活優渥，整個人的狀態看起來自然就很好（因為保養得好啊）。

例句

- 媽媽說她不指望能過上錦衣玉食的生活，只要能夠衣食無虞，就已經很好了。
- 如果精神空虛，即使錦衣玉食，也很難帶來真正的快樂。
- 與其羨慕別人錦衣玉食，不如自己好好努力工作，先做到豐衣足食再說。

衣食父母

生活全靠你，萬事多拜託

「衣食父母」的意思，是指生活所依賴的人。

就像前一篇中所說，如果從物質層面來看，一個人的基本生活最最不能缺少的是什麼呢？無非就是吃和穿，那麼，生命是父母所給的，而能夠供應我們吃和穿的就是我們的「衣食父母」，表示「衣食父母」對我們的重要性，不亞於給予我們生命的父母。（當然，對於還沒有自立能力的孩子們來說，理論上給予生命和供應衣食的應該都是親生父母，這是法律上所規定為人父母對子女的撫養義務。）

雖然這個詞裡頭有父、有母，但「衣食父母」可不是只指兩個人，通常都是針對某一個群體，比方說，觀眾是演員的衣食父母，讀者是作家的衣食父母，消費者是店家的衣食父母等等，經常會有些玩笑話的味道。

關於這個詞的出處，普遍說法都是出自元朝戲曲作家關漢卿（約西元1220～1300年）。

關漢卿在其代表作《竇娥冤》第二折（相當於現代戲劇概念的「第二場」）中，有這麼一句臺詞：「你不知道，但來告狀的，就是我衣食父母。」

值得玩味的是，在古代做官的把老百姓稱做「衣食父母」，在表示尊重、拉近與百姓之間距離的同時，也是一種比較戲謔的說法，因為假設都沒老百姓來告狀，官就無事可做啦，或者就沒好處可撈啦，可是在老百姓的心目中，官可是高高在上、大權在握，在很多事情上都能為自己做主，所以往往會將這些地方官稱做「父母官」。

沒有官會自稱「父母官」，這個詞是意味著老百姓渴望這些官能為自己謀福利的心聲。

在民間，關於「衣食父母」還有兩個流傳很廣的謎語。

一、衣食父母。

二、農民是牠的衣食父母。

這兩個謎語都是要猜一個動物。給一個暗示，兩個謎底（兩個動物）恰巧都是十二生肖之一。

第一個謎語的答案是牛。因為在農業社會，得靠牛耕田，所以老百姓將牛尊稱為「衣食父母」。

第二個謎語的答案則是老鼠。

你猜到了嗎？

例句

．該怎麼理解「客戶就是上帝」這句話？我想應該是說，客戶就是我們的衣食父母吧。

．那個才藝班的老闆真奇怪，小朋友明明都是她的衣食父母，她居然還對小朋友那麼凶！

．理論上納稅人是國家的衣食父母，然而實際上這些做「長輩」的一點權威也沒有，幾乎什麼都不能發表意見，就算發表了也沒用。

四體不勤五穀不分

稻或麥？傻傻分不清

「四體」，是指人的雙手和雙腳。

「五穀」，通常是指以下五種：

一、稻。

二、黍（ㄕㄨˇ）。一種糧食作物，與稻類相似，俗稱黃米。

三、稷（ㄐㄧˋ）。是中國古老的食用作物，也就是粟，還有另外兩種說法，說稷就是一種不黏的黍，或是指高粱。而在「社稷」這個詞裡，「社」是指土地神，「稷」則是指五穀神，兩者是農業社會最重要的根基，古代的君主每年都要到郊外去祭祀土地神和五穀神，也就是祭社稷，所以後來「社稷」一詞就被用來指國家，譬如「社稷之憂」，就是指國家的憂慮。

四、麥。通常專指小麥（通稱「麥子」）。

五、菽（ㄕㄨˊ）。豆類的總稱。

在現代，「四體不勤，五穀不分」是一句帶著明顯貶義的話，因為「勤」是與「懶」、「惰」相對的概

念，如果沒有實際從事過農活，便會對於稻、黍、稷、麥、菽這五種植物的模樣不熟悉，要能一下子區分出哪個是稻、哪個是黍等等是很困難的，因此，「四體不勤，五穀不分」這句話放在現代往往就意味著指責某人懶惰，不事生產，缺乏生產知識，甚至還會經常跟「飽食終日，無所事事」這句話連在一起，這句話的指控就更嚴厲了，明明白白責備某人整天就只會吃得飽飽的，卻懶得要命，什麼事也不做。

實際上，「四體不勤，五穀不分」最初的用法不是這樣的，並不是用來批評人的句子。

這句話出自《論語・第十八章・微子篇》。

子路從而後，遇丈人，以杖荷蓧。子路問曰：「子見夫子乎？」丈人曰：「四體不勤，五穀不分，孰為夫子？」

子路是孔子的得意門生之一；「丈人」在這裡的意思不是指子路的老丈人（岳父），而是對長者的尊稱；「荷」是扛的意思；「蓧」是古代耕田所用的竹器；「夫子」在此是指學生對老師的尊稱。

最重要的地方有兩處，一、「五穀不分」的「分」，其實是「糞」，在這裡是施肥之意；二、「四體不勤，五穀不分」中的「不」，只是語氣詞，並沒有什麼否定的意思。

什麼叫做「語氣詞」？就是表示語氣的虛詞，常常是用在句尾或是句子中間的停頓處，來表示種種語氣，諸如「了」、「呢」、「吧」、「啊」等等。

因此，當子路跟隨孔子遊學，中途掉隊，落到了後面，找不到同伴，這時遇到一位挑著農具的老農，子路便上前請問：「您有沒有看見我的老師啊？」老農回答時，「四體不勤，五穀不分」這句話其實是說他自己，大意是說：「我忙著播種五穀，哪有功夫去管你所說的夫子呀。」

隨著時間慢慢的推移，「四體不勤，五穀不分」也不知怎麼就變成了一句負面的說法。

同樣被誤用、或者同樣被積非成是的成語當然不止這一個例子。比方說，「衣冠禽獸」在現代是罵人的詞，指一個人儘管外表人模人樣，但道德極為不堪，簡直就是一個穿著衣服的畜生，可在古代這原本是一句讚美之詞，因為普通老百姓都是穿著粗布，這樣幹活才方便，所以「布衣」一詞就是指老百姓，只有達官貴人的衣服才有資格繡上禽獸的圖案，文官繡禽（孔雀、仙鶴等等），武官繡獸，而且多半都是猛獸（豹子、獅子、老虎之類）。

又如「眼高手低」，在現代是形容一個人好高騖遠，然而在古代原本也是正面意義，表示一個人眼界要高遠，同時又要很踏實，能夠把眼前、手邊的事做好。很多人總抱怨「理想很豐滿，現實很骨感」，其實只要能夠把當下每一件事都認認真真的做好，自然就會一步步的朝著理想邁進。

例句

• 今天我才知道，原來「四體不勤，五穀不分」不是一句批評的話。

姜太公釣魚

別有一番心思

姜太公就是姜子牙（約西元前1156～約前1017年），是中國古代傑出的政治家和軍事家，周朝開國元勛。在唐宋以前，姜子牙被歷代皇帝和歷代典籍稱尊為「兵家鼻祖」，在唐宋時期又得到許多殊榮，譬如被封為「武成王」、「昭烈武成王」等等，到了元朝時期，民間關於姜子牙的傳說愈來愈多，到了明朝萬曆年間，許仲琳（約西元1560～約1630年）創作了《封神演義》，更是大大神話了姜子牙，從此姜子牙在民間老百姓的心目中從凡人變成了神，被民間廣為信奉。

姜子牙的名字叫做「尚」，姜尚，「子牙」是他的字。他的祖上還是相當不錯的，相傳祖先曾經輔佐夏禹治理水土具有大功，被封在呂地，所以姜子牙又稱「呂尚」。

不過，在姜子牙出生的時候，他的家族已經沒落了，為了謀生，他從年輕時就開始做了很多讀書人看不上眼的工作，像是屠夫、賣酒等等，可是他始終滿懷抱負，只要一有閒暇就積極學習各種天文地理、軍事謀略，以及治國安邦之道，希望有一天能有機會施展自己的才能。

然而，這一天遲遲沒有到來，轉眼姜子牙都已經超過七十歲了。他住在陝西渭水邊的磻溪（今陝西寶雞境內），這裡是周族領袖姬昌（也就是周文王，西元前1152～前1056年）統治的地區，儘管年紀已經很大了，可他還是很希望有一天能夠引起姬昌對自己的注意，讓自己有機會建立一番功業。

該怎麼樣才能引起姬昌對自己的注意呢？姜子牙採取了一個很特別的辦法。

他經常在溪邊垂釣。其實，說「垂釣」並不準確，因為一般垂釣都是要在彎鉤上掛上誘餌，再把彎鉤放進水裡，可是姜子牙呢，用的是直鉤（簡直不能稱之為「鉤」），上面還沒有誘餌，然後把釣竿就這麼高高的舉著，舉得距離水面三尺高，自言自語：「來

呀！魚兒呀！願意的話就自己上鉤吧！」

簡直是在等著魚兒自殺啊……

別人看到這樣的景象，大概都以為他老糊塗了，都好心的提醒他：「老先生啊，像你這樣釣魚，即使再釣上一百年也不可能釣到一條魚的！」

姜子牙聽了，大多都是笑而不答，偶爾也會回應道：「告訴你吧，我才不是要釣什麼魚呢，我是要釣王與侯！」

別人一聽，都覺得他是澈底的腦袋不清了。

這天，姬昌在外出狩獵之前，請人卜了一卦，卦辭顯示姬昌這天將會有很大的收穫，但所得並不是什麼珍禽猛獸，而是能夠協助他成就霸業的輔臣。不久，姬昌果然在渭河北岸遇到一個舉止怪異的老頭，這個老頭自然就是姜子牙。兩人相談片刻，姬昌立刻就發覺姜子牙上通天文下知地理，是一個難得的奇才，高興的說：「我國先君太公曾經說定有聖人來周，周會因此興旺，這個聖人就是您吧？我們太公已經盼望您很久很久了！」

因此就稱姜子牙為「太公望」，然後與姜子牙一起乘車而歸，尊姜子牙為太師。這年，姜子牙大約七十二歲。

有一句成語「大器晚成」，意思是說能夠擔當重任的人通常都要經過長期的鍛煉，所以成就會比較晚，姜子牙可謂是超級大器晚成的例子。「姜太公釣魚——願者上鉤」這句歇後語，說的就是姜子牙的故事。

幸好姜子牙很長壽，相傳他活了大約一百三十九歲，所以從七十二歲左右開始，他還有六十幾年好一展長才哪。

後來姜子牙不僅成為周文王的首席智囊，大約西元前一〇五六年文王崩逝，其子姬發（也就是周武王，約西元前1087~約前1043年）即位後，更是被尊為「師尚父」，成為周國軍事統帥，輔佐武王消滅商紂，建立了周朝。

例句

- 「姜太公釣魚」的故事告訴我們健康長壽有多麼的重要，只要活著，就永遠都有希望。

暴殄天物

浪費物力，不知珍惜

「暴」這個字有好幾個意思，包括「突然且猛烈」的意思，譬如暴雨、暴怒、暴飲暴食，還有「糟蹋」的意思，譬如「自暴自棄」，就是糟蹋自己、瞧不起自己，然後放棄上進、自甘墮落。

「殄」（ㄊㄧㄢˇ）有兩種意思，第一種意思非常激烈，是「滅絕」之意，譬如「殄滅」，第二種意思也是「糟蹋」，也就是說在「暴殄天物」中，「暴」和「殄」都有「糟蹋」的意思，那就是糟蹋得不得了了！

什麼叫做「天物」呢？這是指放眼望去，凡是大自然中一切自然生長的東西，包括所有的鳥獸草木等等，都屬於「天物」。

「暴殄天物」原本的意思，是指殘害滅絕天生萬物，後來是指任意糟蹋東西，不知愛惜。這個詞出自《尚書．武成》，與「武王伐紂」有關。

「武王伐紂」，是指大約在西元前一〇四六年周武王姬發帶領周與各諸侯聯軍，起兵討伐商王帝辛（也就是紂王，約西元前1105年～前1046年），最終滅了商朝、建立周朝的歷史事件。

周武王在出兵之前，發表了一篇聲明，表示今天他之所以要討伐商王，是由於商王紂暴虐無道，任意糟蹋鳥獸草木等自然界的生物，又殘害苛虐百姓（「今商王受無道；暴殄天物；害虐烝民」，「烝」有眾多的意思，「烝民」就是百姓）。

這就是「暴殄天物」一詞最早的出處。不過，如前所述，這個詞的意思後來慢慢有了一點變化，沒有到「滅絕」那麼嚴重，而漸漸只著重在糟蹋，也因此在我們一般人的生活中也就經常有機會用到這個詞了。

至於商紂王是如何的糟蹋天物，我們下一篇要講的「酒池肉林」就是一個例子。

例句

- 奶奶很喜歡吃雞蛋，可是又怕吃多了雞蛋，膽固醇會太高，對身體不好，所以不管是吃滷蛋、水煮蛋或是荷包蛋，總是只吃蛋白，把蛋黃挑出來不吃，我覺得實在是暴殄天物。
- 媽媽說，只要想想世界上還有那麼多人都還在貧窮線上掙扎，常常吃不飽，我們就不該挑食，也不該製造剩飯剩菜，暴殄天物。

・唉！下午真不該吃那麼多零食，沒想到爸爸下班回來時帶了一隻好吃的烤雞，平常是我最愛吃的，可是今天我已經吃不下了，真是暴殄天物。

酒池肉林

誇張到離譜的奢侈浪費

如果要列舉中國歷史上的暴君，商紂王不僅是榜上有名，而且名次往往還會排在很前面。他簡直就是一個暴君的典型。

關於做國君這件事，他「天生好命」；他有兩個哥哥，照理說國君這個位置原本應該是傳給大哥才是，除了大哥也還有二哥，他原本只是第三順位，可是因為母親在生大哥、二哥的時候，身分還只是妾，是後來被扶正了之後才生下了他，所以他就直接跳過了兩個哥哥成為了唯一的嫡子（按照傳統的宗法觀念，正室所生的才是嫡子，才有繼承王位的資格）。

他個人的條件也很不錯，天資聰穎、口才很好，又十分強壯勇猛，居然能夠徒手與猛獸搏鬥而毫無懼色，令人嘖嘖稱奇。這麼一個文武雙全的人物，照理說應該很有機會成為一位明君，可惜的是，紂王的品德很差，又毫無仁心，性情更是非常暴虐。他任用小人，不聽忠臣的勸告，還曾用極其殘忍的手段讓那些忠臣閉嘴；前來勸諫的忠臣不是被放逐，就是被處死，而且紂王處死這些大臣的手段還都特別的殘酷。

譬如，他發明一種叫做「炮烙」的刑罰，就是堆炭架燒銅柱，銅柱上還塗滿油脂，然後命令犯人在又滑又燙的銅柱上行走，這怎麼走呢？當然是很快就摔了下來，跌進炭火之中，活活的被燒死，簡直就是把人當食材一樣的料理了，因為「烙」就是中華美食中的一種烹飪方式，把麵食放在燒熱的鍋子或「鐺」（烙餅時用的平底鍋），將之加熱至熟，就叫做「烙」。

據說紂王最寵愛的妲己，最喜歡看犯人被處以炮烙之刑，只要一看到有犯人摔下去，慘叫哀嚎，她就會發笑不已。

古史傳說和史籍都說炮烙之刑是紂王所創，可是到了明代的神魔小說《封神演義》，這個酷刑就變成是妲己所發明的，紂王還大加誇讚真是「美人妙策」，說有了這個炮烙，那些討厭的傢伙都再也不敢來囉嗦啦，真是「治國之奇寶也」。這其實是自古以來典型「紅顏禍水」的思想在作祟，是要拿女人來為暴君脫罪，因此《封神演義》裡乾脆說妲己是九尾狐狸精上身也就不足為奇了。

紂王無心朝政，只顧著貪圖享樂，為了滿足自己那如無底洞般的慾望，自然就有很多不得人心的舉措，譬如他橫征暴斂，把皇家的糧倉堆得滿滿的。紂王為什麼要儲備這麼多的糧食呢？不是為了居安思危，擔心萬一哪天碰上天災，所以要在平常加強儲備，而是為了要釀酒。正是紂王在上層社會帶起的這股糜爛的嗜酒之風，造成糧食上很大的浪費。

紂王到底有多浪費？光是看「酒池肉林」就足以說明了，這也是紂王的得意設計（他的聰明、心思全花在這方面了），他命人在花園裡挖了一個大

池子，裡面注進的不是水，而是美酒，想想看，要注滿一個「酒池」得需要多少酒啊，為的只是讓這些人只要想喝酒隨時就可以喝，也或許紂王還覺得這樣喝酒很有創意吧。同時，他還叫人在酒池邊豎立很多木頭，上面都掛著肉乾，也是想吃的時候隨時就可以吃，這就叫做「肉林」。

紂王的暴政當然還不止這些，他作惡多端的事蹟已經到了罄竹難書的地步，也難怪人心盡失，大家自然就都慢慢轉為擁護周文王了。

例句

- 為什麼要需索那麼多呢？我們只有一個胃，就算有酒池肉林也吃喝不下啊。
- 一個人如果不事生產，就算家裡有金山銀山、酒池肉林，總有一天也會坐吃山空的。

鯉魚跳龍門

飛黃騰達

鯉魚是原產於亞洲的溫帶性淡水魚，後來慢慢被引進到歐洲、北美和其他地區，屬於雜食性，喜歡生活在平原上比較暖和的湖泊，或是水流緩慢的河川裡，不僅極具觀賞價值，從很早以前就也是中國人餐桌上的美食。

我們在很多剪紙、織品、年畫等中國民間藝術品，以及建築、雕塑、器具中都經常可以見到鯉魚，鯉魚是中國傳統的吉祥物，早就深入老百姓的生活，這種習俗早在兩千多年以前的春秋時代就已經相當普及。譬如在春秋時代，當孔子（西元前551～前479年）的妻子生下一個男孩，魯國的國君派人送來一尾鯉魚表示慶賀，孔子也因鯉魚的祥瑞之氣而為兒子取名為孔鯉（西元前532～前483年）。孔鯉是孔子唯一的兒子，後來先孔子離開人世。

龍門在哪裡呢？是位於今天山西省河津市城西北十二公里的黃河峽谷之中，今天稱為禹門口。

「鯉魚跳龍門」的說法歷史悠久，是在中國古代就有的傳說，相傳黃河的鯉魚只要能夠跳過龍門，就會幻化成龍。因此，「鯉魚跳龍門」總是被用來比喻考試取得好成績，或是升官，總之都是飛黃騰達之事。尤其是在科舉考試的時候，多少貧寒子弟「朝為田舍郎，暮登天子堂」，早上還只是一個忙著農活的普通田野村夫，一旦金榜題名就立刻搖身一變成為天子跟前的大臣，生活驟然就有了翻天覆地的變化，那麼在金榜題名的那一刻，就可說是「鯉魚跳龍門」了。

後來，「鯉魚跳龍門」這個說法又慢慢被用來比喻逆流前進，奮發向上。

其實，不止是鯉魚會跳出水面，很多魚都會如此，不同的魚跳出水面的本領也不同，有的魚只是偶爾在水裡翻了一下，動作大了一些就躍出了水面，有的魚則是真的可以跳得很高，譬如有一種叫做「跳魚」的魚，居然能夠跳離水面四至五公尺這麼高！鯉魚則經常可以跳出水面一公尺以上。

魚兒為什麼會跳出水面呢？根據科學家們的分析，一般是基於兩種原因，一、因為魚兒所處的環境突然產生了變化，比方說在地震發生前夕，魚兒感受到威脅，就會產生跳躍這樣的本能反應；二、基於魚兒生理上的原因，譬如當魚兒到了快要繁殖的時候，體內就會產生一些足以刺激神經的物質，使魚兒處於一種較為興奮的狀態，因此就會特別喜歡跳躍。

例句

・麻雀變鳳凰、鯉魚跳龍門，這些看似突然的好運臨頭，其實除了機運，當然還是離不開當事人的努力。

・在過去「一試定終身」的年代，或許還會有鯉魚跳龍門式的傳奇，但是如今在多元發展的社會潮流下，大家似乎更相信只要肯努力，就會條條大路通羅馬。

魚目混珠

珍珠變成死魚眼珠

「魚目混珠」這個成語出自東漢．魏伯陽《參同契》卷上：「魚目豈為珠？蓬蒿不成檟。」

「魚目豈為珠」這一句很好理解，就是說怎麼可以拿魚的眼睛來當做是珍珠呢？我們把下一句「蓬蒿不成檟」也順便解釋一下。

「蓬」、「蒿」都是草本植物，也有的說「蓬蒿」就是茼蒿，是一年生或二年生的草本植物，可以長到二、三尺高。關於蓬蒿，在詩句中提到它最有名的例子，大概就是李白（西元701～762年）所寫的「仰天大笑出門去，我輩豈是蓬蒿人」了，在這裡李白是用「蓬蒿」

來比喻草野民間，「蓬蒿人」就是指沒有當官的人，這兩句詩句的意思是，我抬起頭來，仰天大笑的走出門去，像我這樣的人，怎麼可能會永遠埋沒在草野之中、毫無用處呢？自信、甚至可以說是有些自負之情，溢於言表。

而「櫝」則是茶樹的古稱，亦是楸樹（一種落葉喬木）的別稱。「蓬蒿不成櫝」就是說，蓬蒿是蓬蒿，蓬蒿是怎麼也不會長成櫝的。如果想要把魚的眼睛當成是珍珠，或是想把蓬蒿當成是櫝，那就是企圖以假亂真了。

之所以會把魚目和珍珠聯繫在一起，最主要的理由應該是由於兩者的大小接近吧，可是，珍珠是有光澤的，稍微留意就可以分辨得出來。在《紅樓夢》裡，賈寶玉曾經感嘆「好奇怪啊，那些少女一個個都像是奪目的珍珠，為什麼稍微上了一點年紀以後，就一個個都變成了死魚眼珠呢？」大概是因為有的女孩子在年紀漸長以後，就逐漸失去了靈氣，變得世故和俗氣了吧。

此外，我們都說眼睛是靈魂之窗，其實這個說法不僅僅是針對人類，在判斷一條魚新不新鮮的時候，第一個應該查看的也就是魚的眼睛。新鮮的活魚，眼球是飽滿而突出的，眼角膜也透明清亮，有彈性；當一條魚不是那麼新鮮的時候，眼球就不會那麼突出了，眼角膜也會起皺，並且變得渾濁，有時眼睛內部還會有溢血發紅的現象；如果看到一條魚的眼球是乾癟的、塌陷的，眼角膜出現了明顯的皺縮或破裂，那麼這條魚就已經是腐壞的了。

除了查看眼球，要判斷一條魚是否新鮮，還可以看看魚鰓是不是呈鮮紅色，黏液透明，沒有異臭味，同時，新鮮的魚身體表面會有一層透明的黏液，鱗片也會貼附得十分緊密，看上去有光澤，且不容易脫落。

例句

・做生意跟做人一樣，最重要的就是要講誠信，賣出去的商品一定要貨真價實，不能魚目混珠，以次充好。

・像魚目混珠這種把戲，就算一時得逞，賠上的卻是商家聲譽，划不來的。

兔死狗烹

只能共患難，不能同享樂

「兔死狗烹」出自《史記．越王句踐世家》，是范蠡（西元前536～前448年）對文種（生年不詳，卒於西元前472年）所說的一段話，范蠡還在其中提到了自己對於越王句踐（約西元前520～前465年）的評價。

蜚（古同飛）**鳥盡，良弓藏；狡兔死，走狗烹。越王為人長頸鳥喙**（「喙」是鳥獸的嘴），**可與共患難，不可與共樂。子何不去？**

春秋時代二九四年（西元前770～前476年），吳越兩國之間的爭鬥，前後二十幾年，是春秋爭霸的尾聲。在兩國的爭鬥中，本來占上風的是吳國，吳王夫差（約西元前528～前473年）曾經於西元前四九四年在會稽山打敗過越王句踐，句踐請降，當時吳國的大臣伍子胥（西元前559～前484年）極力反對，認為「今不滅越，後必悔之」，然而吳王夫差因為急著想要北上中原爭霸，沒有採納伍子胥的建議，句踐就這樣與死神擦肩而過。

可是，對於夫差來說，就無異於是養虎為患了。為了放鬆夫差的警惕，句踐夫婦為夫差駕車養馬，竭盡卑屈之能事，終於贏得夫差的信任，獲釋回國，這等於是放虎歸山。

回國之後，句踐發憤圖強，暗暗立誓有朝一日一定要滅了吳國，報仇雪恨。為了不要忘記在吳國做階下囚時所受到的屈辱，句踐每天晚上不睡舒舒服服的床鋪，而是故意睡在柴火上，還在房裡掛一個苦得要命的膽，每天都要舔一舔，讓那個難以忍受的苦味來提醒自己不要忘了自己的誓言，這就是「臥薪嘗膽」。

句踐更在謀臣文種和范蠡的輔佐之下，制定了「十年生聚，十年教訓」的長期策略，簡單來講，就是不動聲色的發展民生，實行精兵政策，增強綜合國力，並提高戰鬥力，終於西元前四七三年打敗了吳國，夫差請降，此時范蠡就像差不多二十年前的伍子胥一樣，力主一定要澈底滅了吳國，不留下後患。夫差見求和不成，這才非常後悔當年沒有聽伍子胥的忠告，非常悔恨，也非常羞愧，拔劍自殺了。

話說越王句踐滅了吳國，在吳國的皇宮歡宴群臣時，大家卻發現范蠡怎麼不見了。翌日，有人在太湖邊找到了范蠡的外衣，大家都以為范蠡不知道哪根筋不對，竟然尋短見投了湖，眾人都唏噓不已。

然而，沒過多久，文種就收到一封信，打開一看，非常驚訝的發現原來是范蠡寫給自己的，大意是說，飛鳥一旦打盡了，再好的弓也用不上了，自然就只能收起來，野兔一旦都被抓光了，獵狗派不上用場了，也就難逃要被烹煮的命運，現在敵國已經滅掉了，我們已經完成我們的任務，接下來恐怕就不免會被迫害，甚至被殺害，你看越王的樣子，頸子長長的，嘴巴尖尖的看起來像是鳥嘴似的，這種面相的人疑心病很重，為人又不夠厚道，都是只能共

患難、不能同享樂，你為什麼不趕快離開這裡呢？

想來當文種讀到這封信時，范蠡一定已經到了安全的地方，再加上是把文種當朋友，擔心文種的安危，所以話才會講得這麼直白，連堂堂大王的面相都敢點評！

文種看了范蠡這封推心置腹的信，大概還是半信半疑，總感覺應該不至於，心想憑著自己這麼多年的功勞，越王怎麼會一點情分也不講呢？不過，既然范蠡這麼擔心，那這段時間還是就低調一點吧。於是，文種開始託病不上朝。不久，越王句踐果然懷疑文種是不是有什麼貳心，就把文種給賜死了。

文種死前一定很後悔沒有聽范蠡的勸告，盡早離開吧。

而范蠡呢，在離開越國以後，輾轉來到一個叫做陶的地方，改行做起了生意，最終發財致富。

例句

- 萬一在職場上跟錯了老闆，即使有一天遭受到兔死狗烹的待遇也不足為奇。
- 如果事情一成功，你就兔死狗烹，棄朋友於不顧，日後當你有難，也不會有人想來幫你了。

黃粱一夢

榮華富貴不過好夢一場

唐朝開元年間，某天，一個穿著粗布，準備要去田間勞動的年輕人盧生，在邯鄲路上經過一家客棧時，停下來稍事休息，遇到一位道士呂翁。兩人萍水相逢，同坐在一張席子上，閒聊起來，聊得相當投機。

一投機，盧生就向呂翁倒起了苦水，大嘆自己真是時運不濟。呂翁說，看你年紀輕輕，四肢健全，身體健康，而且言談有度，看來是個有文化的人，這還有什麼不滿足的呢？為什麼要嘆氣啊？盧生不以為然，直說好什麼呀！我這只是混混日子罷了！

呂翁問，那依你看，要怎麼樣才算得上是好呢？

盧生不假思索馬上回答，那自然是要出人頭地，成就一番功名，光耀門楣才是，至少也要出將入相啊！講到這裡，盧生又垮著一張臉嘆息道，唉！我並不是才華不如別人，也不是沒有別人勤奮，就是考運不好，明明把六藝都已經學習得非常嫻熟了，照理說完全有資格做個高官什麼的，可是你看看我，到現在還穿得這麼破爛，還得去田間幹農活，真是浪費啊！人生真是不公平啊！

盧生喋喋不休抱怨了一大堆，說得自己都累了，眼皮愈來愈重，都快睜不開了。

呂翁就從囊中拿出一個青色的瓷枕遞給盧生，「來，枕著它睡一下吧，你的抱負都會實現的。」

這時，已經睏得不行的盧生，也無暇多問呂翁這話是什麼意思，只顧接過瓷枕就沉沉睡去，迷迷糊糊感覺到店主正在廚房那兒蒸黃米。

這個瓷枕的兩端有孔，盧生睡著睡著，看見瓷枕上的孔漸漸變得愈來愈大，並且裡頭還有亮光，心裡感到既驚奇又疑惑。當那個孔變得足夠讓他進入的時候，他不由自主就走了進去，然後循著光走了好一會兒，居然就這樣回到了家。

幾個月以後，他得了天大的好運，娶了當地一個名門望族的千金大小姐，然後又考中了進士，如願以償的開始做官，這一做就是五十幾年，官運亨通，享盡了榮華富貴，就連幾個孩子也都是高官厚祿，飛黃騰達，一家都非常發達……盧生就這樣過了幸福的一生，他頗高壽，都超過八十歲了，才一病不起。

就當盧生嚥下最後一口氣的時候，他伸了一個腰，悠悠醒轉，赫然發現自己竟然還在客棧裡睡著，呂翁坐在自己身旁，店主蒸的黃米甚至都還沒有熟哪！

盧生驚訝萬分，「原來剛才只是在做夢？」

呂翁回答：「是啊，人生所經歷的輝煌，不過就是如此啊。」

想到榮華富貴不過就像是一場夢，是那麼的短暫而虛幻，轉眼成空，盧生惆悵許久。他愣了好一會兒，向呂翁拜了又拜，感謝他

好意的提醒。盧生明白呂翁是提醒他要懂得節制慾望，珍惜當下。

這就是「枕中記」、「黃粱一夢」的故事，而「黃粱一夢」這個成語就被用來比喻不能實現的夢想。

之所以著重在「黃粱」一詞，是因為當盧生剛剛入睡時，店主正在蒸黃米，等他夢醒了，店主的黃米還沒有蒸熟，故以此來形容那場美夢的短促。

那麼，盧生到底睡了多久呢？

原文中是說店主在蒸「黍」，「黍」就是黃米，黃米蒸熟以後可做「黃糕」，「黃糕」是中國傳統的口糧，可追溯自遠古的黃帝時代。「黃糕」要蒸熟大約需要二十分鐘，再加上一些工序，一般至少要半個小時才能完成至可食用的狀態，因此學者估計盧生的黃粱夢不超過半個小時。

例句

- 昨晚我夢見要去坐夢寐以求的雲霄飛車，可是排了好久的隊，終於輪到我的時候突然就醒了，這才發現原來只是黃粱一夢。
- 人生苦短，只不過是黃粱一夢，凡事不用太計較，看開一點會比較開心。

不為五斗米折腰

為了骨氣，寧可餓肚子

「不為五斗米折腰」——出自《晉書．陶潛傳》。

潛歎曰：「吾不能為五斗米折腰，拳拳事鄉里小人邪！」

「五斗米」是指微薄的俸祿；「折腰」是指彎腰行禮，比喻為人庸俗，沒有骨氣，輕易就能為利益所妥協；「拳拳」的本意是緊握不捨，引申為誠摯、赤誠，經常被拿來形容誠懇與勤勉。這句話的意思是，陶潛嘆道，我怎麼能為了這區區一點微薄的俸祿，就對這些勢利小人如此卑躬屈膝呢！

陶潛（約西元365～427年）就是陶淵明，「潛」是他的名，「淵明」是他的字。他的生卒年有爭議，但可以確定是生活在東晉末年一直到南北朝的宋朝初期，是東晉的大詩人。

陶淵明的祖上也曾相當顯赫，曾祖父是鼎鼎大名的東晉名將陶侃（西元259～334年），祖父和父親也都做過太守一類的官，所以最初他的家境應該還不錯，但是在父親過世以後（當時陶淵明年僅八歲左右），家境就逐漸沒落，更糟糕的是，過了四年左右、在陶淵明大約十二歲時，庶母（指父親的妾）也死了，而同父異母的妹妹才九歲，生活益發艱難。為了生存，陶淵明從小就經常要做很多粗活。

陶淵明性格恬靜，很有慧根，從小喜歡讀書，也很喜歡親近大自然。他自幼就用心研習儒家經典。另一方面，由於他所處的東晉盛行老莊，所以很自然的也深受道家思想的薰陶，是一個同時具有道家和儒家兩種修養的讀書人。

按今天的概念來說，陶淵明是一個非常不夠社會化的人，在他一生當中，除了幾次短暫為官之外，大半生都是在家鄉過著耕讀的隱士生活。幸好他有一個好妻子翟氏，很能安貧守節，鄰里經常可以看到「夫耕於前，妻鋤於後」這樣的畫面，也算是夫唱婦隨。

陶淵明最後一次為官是擔任彭澤縣令（今江西九江彭澤縣），此時他已年過四十，是在朋友的反覆勸說之下才出任，結果，到任僅八十一天，他又不幹了。原因是得知上級派了一個官員前來視察，此人向來以凶狠貪婪聞名，總是藉著視察肆無忌憚的向地方官員索要賄賂，不難想見性格高潔的陶淵明對於這樣的人一定很看不上眼，而當有人提醒他，這個官員前來的時候，一定要穿戴整齊、備好禮品，恭恭敬敬的去迎接，陶淵明大概只要一想到要跟那樣的小人講話、應酬、虛與委蛇就覺得噁心吧，他實在是受不了、做不來，就嘆了一口氣說：「唉！我怎麼能夠為了縣令這點薪俸，就低聲下氣的向這種小人去獻殷勤啊！」

說罷，他就辭職回鄉了，之後即使家貧，也終生再不願為官。其實朝廷知道

他的才華，不止一次想再徵召他出來做官，但陶淵明都推辭了。

後來，「不為五斗米折腰」的說法漸漸在民間流傳，「五斗米」就不只是局限在俸祿的意思，而是泛指現實、基本生活。在現代社會，一個上班族如果受不了職場上的一些待遇，譬如會經常受氣之類，不想幹了，往往也都會說「不想為五斗米折腰」了。

這句話還經常會令人聯想起另外一句話，那就是「不食嗟來食」。「嗟」（ㄐㄧㄝ）這個字是嘆息、感嘆之意，「嗟來食」一般泛指帶有侮辱性的施捨，而「不食嗟來食」就是強調自尊的重要，一個人即使沒飯吃，當你要施捨他的時候還是要顧慮到他的自尊，否則就算你是好意，他也可能不會接受，或是在接受時心懷怨恨，這樣的好事，做了又有什麼意思呢。

例句

- 當媽媽知道爸爸辭職的時候很生氣，爸爸卻只說他不願意再為五斗米折腰了。
- 能夠不為五斗米折腰，都是那些擁有特定條件、能夠保障基本生活的人。

火上澆油

越幫越忙的豬隊友

「火上澆油」，這個成語實在是畫面感十足，想想看，往火上澆油，會造成什麼樣的結果？自然是讓火瞬間變得更大，這是非常非常危險的，千萬不可以這麼做，所以是用來比喻做了什麼事、或說了什麼話之後，讓某個正在生氣的人更加憤怒，或是使某個已經相當棘手的情況變得更加糟糕。

也許在很久很久以前，曾經有一個心急的人，想要馬上、立刻、火速把火加大，竟然異想天開的往火上澆油，造成了嚴重的後果，後來大家就知道不可以這麼做了。畢竟我們現在所了解的安全知識，都是人們在經過慢慢的摸索之後所得來的寶貴經驗，有時還是一些慘痛的經驗。

那麼，在沒有現代便利廚具的古代，中華美食又經常需要大火來烹飪，人們是靠什麼來控制火、然後讓火力加大呢？

這就要講到灶臺的故事了。

「灶」這個字，最重要的意思是生火做飯的設備，

這是人類從遠古的採集時代進入到農耕時代才有的產物。在採集時代，人類居無定所，關於火的使用都是以篝火為主。所謂「篝火」，就是火堆，一群人圍著火堆，既可以在火上面燒烤食物，還可以抵禦嚴寒以及猛獸的攻擊。經由經驗的累積，人們慢慢了解到在使用火的時候不僅僅是需要燃料，還需要足夠的空氣，因此在架篝火時會注意到不要讓柴火堆得太密，改採中空的方式，效果會更好，其實這樣的做法就是在增加供氧量。

篝火都是在戶外，等到人們開始定居、建造房屋以後，在室內不適合架設篝火，所以就開始有了火塘。什麼是「火塘」呢？從「火」和「塘」這兩個字的偏旁就意味著「火在土上」，就是在屋子裡挖一個坑，叫做灶坑。但是，灶坑的空氣不流通，火勢自然不會太旺，不太符合人們的需求，於是慢慢就出現了用磚塊或是石頭堆成的灶。早期的灶，形式很簡單，但總算是比灶坑完善。

中國長期以來都是以柴、草做為燃料，所以灶具在秦漢時期基本就已定型，距今都超過兩千年了。由於灶具是建築的一部分，很難被單獨保存下來，後人是透過秦漢以後出土的墓葬才見到古代的灶具，這是因為古人有「視死如生」（或者「視死若生」）的觀念，意思是把死去看做仍是活著一樣，這麼一來陽世需要的一切，在另外一個世界自然同樣也需要。之所以會有兵馬俑，就是因為秦始皇（西元前259～前210年）需要龐大的幽冥大軍啊。

中國傳統的灶具發展到西漢時期已經比較成熟，比方說，灶具大多是單灶門，已經懂得注意通風，這樣可以形成空氣對流，讓柴草充分燃燒（儘管古人還搞不太清楚其中的道理，只是根據經驗，知其然而不知其所以然），煙囪也開始廣泛使用，因此才會有「炊煙」這個詞啊，想像一下，傍晚時分，辛苦一天的農人在回家途中，遠遠看見自家煙囪冒著煙，知道家裡正在煮晚餐，心頭應該是滿滿的暖意吧（反之，在「田螺姑娘」中，男主角明明是一個單身漢，在回家途中居然看到家裡的煙囪在冒煙，那就十分詭異了）。

後來，基於精益求精的心理，灶具逐漸有了一些改進，比方說，從單灶門發展成多灶門，灶門與灶眼的數量基本一致（「灶眼」就是指烹飪時放鍋子的那個地方，現代瓦斯爐都是兩個灶眼），懂得使用風箱更是一大進步，可以在很短的時間之內提升火焰的溫度。這個經驗對於發展冶金有很大的作用。還有，人們也開始懂得使用較高的「擋火牆」，有效改善了烹飪過程中的衛生狀況。

總之，在烹飪時如果想要讓火大一點，要靠風箱和柴火，千萬不能澆油。

「釜底抽薪」，則是形容從根本來解決問題，因為只要把柴火從鍋底抽掉（「釜」是一種可以用來煮、燉、煎、炒的器具，可視為現代鍋具的前身），自然就能夠使煮沸的水有效止沸。

例句

- 勸架是一門藝術，一不小心就會適得其反，火上澆油。

破釜沉舟

不留後路，決心往前衝

現代鍋具琳瑯滿目，煮飯、煲湯、煎魚、炒菜、下麵條、做點心……根據不同的需要幾乎都有專用的鍋子，這樣在烹飪的時候才會方便好用，要不然你拿一口下麵條的深鍋來煎魚試試看。古代自然沒這麼講究，主要就是兩大類——鑊和釜。「鑊」是指大鍋，「釜」的含義比較廣，指古代的炊事用具。無論是「鑊」還是「釜」，都可以看做是現代鍋具的前身。

在距離今天大約七千至五千年前，也就是仰韶文化時期，就已經出現了「陶釜」，到了西漢時期，如上一篇所述，由於灶具已經發展得比較成熟，「釜」可以直接放在灶具上烹煮食物，人們發現「釜」與之前「三足鼎」之類的器具相比，效率更高，也比較節省燃料（因為火力能更為集中）。

接下來，隨著冶鐵業的發展，出現了鐵製的「釜」。無論是導熱性或是耐火性，鐵釜都更好，經過一段時日，就逐漸取代了其他的選擇，成為最普遍的一種炊具。

正由於「釜」是常見的生活用品，所以在文學作品裡經常可以見到「釜」。帶著「釜」這個字的成語，最著名的大概就是「破釜沉舟」了，比喻一種極大的決心，出自《史記．項羽本紀》：「項羽乃悉引兵渡河，皆沉船，破釜甑，燒廬舍，持三日糧，以示士卒必死，無一還心。」

這是在秦朝末年、西元前二〇八年，時年僅二十四歲的項羽，在鉅鹿率領數萬楚軍（後期其他各諸侯義軍也參戰），與四十萬秦軍對陣，項羽為了激勵士氣，在率軍渡河之後，立刻下令叫大家把剛才坐的船通通破壞，讓船隻沉到水底，並把煮飯用的器具（「釜」）也通通打破（這就是「皆沉船，破釜甑」），還把附近的房屋全部放一把火燒毀（稱之為「燒廬舍」），表示一定要打勝仗，即使戰死也不足惜，絕對不留任何後路！

而在後路全遭斷絕的情況下，楚軍果然也一個個都是以一當十，異常勇猛，在項羽的率領之下，果然打了一場漂亮的勝仗！

「鉅鹿之戰」是中國歷史上著名的以少勝多的戰役。年紀輕輕的項羽，所展現出來這種大無畏的氣魄，真是十分少有，令人讚嘆！經此一役，秦朝主力盡喪，已經名存實亡，項羽更是毫無懸念成為各路反抗軍隊伍中的領袖人物。

而「皆沉船，破釜甑」，後來就演化為「破釜沉舟」，比喻要拼死一。（「甑」ㄗㄥˋ，也是古代的炊具，主要是用來蒸東西）。

例句

- 大考的日子就快到了，如果現在能趕快拿出破釜沉舟的決心，好好複習，也許還有希望。
- 在面對困境的時候，有時就是要拿出破釜沉舟的氣慨背水一戰，或許就有可能扭轉劣勢。

人為刀俎，我為魚肉

生殺大權握在別人手裡

「俎」（ㄗㄨˇ），是切肉的砧板。「人為刀俎，我為魚肉」，就字面上的意思是說，人家是切肉的砧板，我們是魚肉，比喻情況危急，已經是任人擺布的境況，生殺大權都掌握在別人的手裡，因為魚肉不會沒事被放在砧板上，肯定是馬上就要被切被剁被料理啊。

這句話出自《史記．項羽本紀》，是鴻門宴的故事，發生在「鉅鹿之戰」兩年後，是楚漢相爭的轉捩點，所以司馬遷（生於西元前145年，卒年不詳）用濃墨重彩的方式來加以描寫，這段故事是《史記》中非常有名的段落，情節跌宕起伏，非常精彩。

我們先把幾個重要的人物介紹一下。

領銜主演：

劉邦（西元前256～前195年），漢王。

項羽（西元前232～前202年），西楚霸王。

聯合主演：

張良（生年不詳，卒於西元前189年），劉邦的首席謀士。

范增（西元前277～前204年），是項羽主要、甚至可以說是唯一的謀士，比項羽年長四十五歲，比劉邦大二十一歲，被項羽尊為「亞父」。

項伯（生年不詳，卒於西元前192年），是項羽最小的叔父，在鴻門宴上不動聲色的保護劉邦。

項莊（生卒年不詳），是項羽的堂弟。在《史記・項羽本紀》裡被提到的地方不多，卻留下一句有名的俗語「項莊舞劍，意在沛公」（沛公是指劉邦，這是因為劉邦在起義之初是沛縣的領導人），這句話的意思是，項莊表面上是在舞劍，其實真實的用意是想要趁機刺殺劉邦，被後世引申為表面上在做某件事，實際上是想用這件事來掩蓋自己真實的意圖。

樊噲（西元前242～前189年），是劉邦原配呂后的妹夫，西漢開國元勛，早年曾以屠狗為業，「人為刀俎，我為魚肉」這句話就是他說的。考慮到樊噲曾經做過屠夫，由他說出這句話很自然。

曹無傷（生年不詳，卒於西元前206年），是劉邦手下的一名將領，隨劉邦起事，是導致鴻門宴事件發生的關鍵人物。

話說項羽率楚軍準備攻取關中，到達函谷關時見到有劉邦的漢軍防守，又聽說劉邦已經攻破秦朝的都城咸陽，勃然大怒，因為當初他們約定好「先入關中者為王」，難道劉邦這是膽敢要稱王了嗎？

項羽惱火之餘，馬上率軍攻破了函谷關，進入關中，到達戲水之西。

此時劉邦在壩上駐軍，還沒來得及和項羽碰面。曹無傷悄悄派人前來向項羽報告，說劉邦確實想要在關中稱王，項羽一聽，氣炸了，馬上下令：「明天犒勞士兵，讓大家都吃飽，我們去打敗漢軍！」

范增也對項羽說，起義之初，劉邦還貪戀財物和美女，現在進了關中，卻表現出一副仁君大氣的模樣，這說明他的志向不小，我觀望他那裡的雲氣，發現那是天子的雲氣啊，一定要趕快把他消滅！

這個時候楚軍是四十萬，漢軍只有十萬，更何況楚軍一個個都驍勇善戰，可想而知項羽一旦動手，對劉邦來說肯定就是滅頂之災！

項伯過去欠張良一份大人情，想到此時張良就在劉邦身邊，不忍心看張良一起完蛋，便連夜騎馬來到漢營，告訴張良這個重大情報，想帶張良趕快逃命。

可是，張良認為危難當頭，獨自逃命太不講信義了，還是立刻去向劉邦報告。劉邦大吃一驚，忙問張良，這該怎麼辦？張良想了一想說，我去請項伯轉告項王，說沛公不敢背叛項王，看看能不能使項王打消要動手的念頭。劉邦很驚訝，你怎麼會和項伯有交情？等劉邦知道原來張良過去救過項伯的命，而且項伯此刻就在他們漢營之後，馬上心生一計，趕緊把項伯請進來，一邊拼命解釋，我哪裡敢妄想稱王，我這是在替大王看守啊！同時，還馬上跟項伯約定結為兒女親家。

人家劉邦好歹是漢王，主動要做自己的親家，項伯還是覺得挺榮幸的，當下就決定要盡力保護這個親家。

而項羽呢，因為心胸狹窄，一向只相信自己人，所以身邊沒什麼謀士，這回卻偏偏是自己人把他給出賣了。

項伯火速回到楚營，替劉邦說盡好話，說劉邦從來就沒有想要稱王的念頭，只不過是在這裡替大王看守，大王誤會了。自負的項羽大概是想，也對，我這麼英雄、這麼厲害，諒劉邦那個傢伙應該也沒那個膽子敢稱王吧。於是，項羽就這樣打消了要去攻打劉邦的計劃。

翌日早晨，劉邦來到項羽所在的鴻門，親自向項羽謝罪。為了表示誠懇，劉邦只帶了少少的一百多人。劉邦一個勁兒的喊冤，說這一切都是誤會，他怎麼可能會有稱王的想法呢？這是萬萬不可能的啊！

項羽就說，還不是你們那個曹無傷說的，要不然我怎麼會那麼生氣？

既然是誤會，那就一笑泯恩仇吧，項羽遂豪氣的下令立刻設宴款待劉邦。

在項王的營帳裡宴客，自然是只有極少數的人才能進入。入席之後，項羽、項伯朝東坐，范增朝南坐，劉邦朝北坐，張良朝西坐。

范增多次向項羽使眼色，要他趕快殺了劉邦，項羽看是看到了，但是都沒有反應。項羽可是西楚霸王，大概是覺得哪有在請人家吃飯的時候殺人，這種行為未免也太不英雄了吧！

范增起身，出了營帳叫來項莊，說大王太仁慈了，你趕快進去敬酒，然後要求舞劍為大家助興，再趁機殺了沛公！

項莊照辦。可是，項伯眼看親家有危險，趕緊說，舞劍啊，好玩啊，我也會啊，我也一起來吧！然後就這麼在假裝舞劍中，不斷擋掉了項莊刺向劉邦的劍，非常技巧的保護劉邦。

張良來到外頭找樊噲。樊噲著急的問，怎麼樣？張良說，非常危急，現在項莊在舞劍，可他哪裡是在舞劍，明明就是想要殺沛公啊！樊噲馬上很激動的就衝進去，營帳門口的守衛根本攔不住他。

樊噲一進大就狠狠的瞪著項羽，瞪得頭髮都豎了起來，眼角也都快要裂開。

項羽看了看樊噲，不以為意，還賞樊噲吃的喝的，樊噲一邊又吃又喝，一邊大聲嚷嚷，為劉邦遭到誤會大抱不平，項羽無話可說，便說「坐！」，樊噲便挨著張良坐下。其實張良就是把樊噲叫進來保護劉邦的。

劉邦說要上廁所，起身出去，同時把樊噲也一起叫了出去。

劉邦當然也知道方才項莊的舞劍是想幹嘛，他有些坐不住，想溜啦，可沒過一會兒，項羽派人出來找劉邦，劉邦說，怎麼辦？現在就走好嗎？還沒告辭啊，要不要進去告辭了再走？

樊噲說：「哎！做大事的人不必這麼婆婆媽媽顧慮這麼多的小節，現在人家是切肉的砧板，我們是上面的魚肉，還告辭什麼呢！」

劉邦想想，覺得很有道理，於是當機立斷，立刻開溜！

一回到軍營，劉邦第一件事就是把曹無傷給殺了。

而楚軍這裡呢，范增得知劉邦開溜，很是懊惱，當下就表示，奪項王天下的人一定就是劉邦。他同時也對項羽感到很失望，認為項羽這個小子實在不值得和他共謀大事。

後來事實證明，范增說得一點也沒錯，項羽沒有在鴻門宴殺死劉邦，無異是放虎歸山，從那之後，楚漢相爭的局勢就慢慢逆轉，原本是絕對優勢的項羽，最終竟然輸給了劉邦。

例句

・即使是在「人為刀俎，我為魚肉」的處境，也應該拼死一搏，不應就這麼任人宰割。

三碗不過崗

老虎的運氣真是背

「三碗不過崗」出自中國四大名著之一《水滸傳》，這是中國歷史上第一部用白話文寫成的章回小說，作於元末明初，作者歷來有爭議，一般認為是施耐庵（約西元1296～約1370年），但也有人說這本書是施耐庵所寫的沒錯，可最後的定稿是由他的門生羅貫中（約西元1330～約1400年）所編輯整理的。

羅貫中就是《三國演義》的作者。

《水滸傳》是根據民間流傳的宋江起義的故事為基礎，然後加工定型，講述了以宋江為首的一百零八條好漢的故事，武松是其中一個，「三碗不過崗」就是出現在武松打虎的段落。

那是在武松要回家的路上，走了好久，走得渴了，看到前方有一家酒店，掛著一面「招旗」（旗幡，古代店家的招牌），上面寫著五個大字——「三碗不過崗」。

武松也沒多想，進到店裡，叫來酒菜。一碗酒喝下去，武松說：「這酒好生有氣力！」顯然是很對他的味兒，便叫店家再添。

等到又連續喝了兩碗好酒之後，武松叫店家再添酒，店家卻不肯再添了，直說要再加菜可以，添酒不行。

武松問，為啥不行？

店家說，你沒看到我招牌上明明就是寫著「三碗不過崗」啊！

店家隨即進一步解釋道，我們家的酒啊雖然是村酒（意思是名不見經傳），但品質可不差，可以和那些知名的陳年佳釀相提並論，一般客人只要喝了我們家三碗酒就醉了，根本過不了前面的山崗，所以叫做「三碗不過崗」。

店家所說的山崗，是指景陽崗。

武松聽了，嗤之以鼻，去！我又不是一般人，快給我拿酒來！

店家繼續說，哎呀！你別不信邪，我們家的酒啊叫做「透瓶香」，又稱「出門倒」，剛入口時，味道濃醇，或許還不覺得有多強，可是沒一會兒酒勁就會上來、就會倒了。

武松說，胡說八道，又不是喝酒不給錢，快拿酒來！再拿三碗！

在武松的堅持下，店家只好給他再添了三碗。

三碗喝罷，武松嚷著還要。店家幾度勸他別喝了，可武松就是不聽，就這麼居然喝了十八碗！

等到武松終於喝得滿意了，剛離開店裡，店家就急忙追出來要他別走。武松說，還有啥事？我又不是沒付酒錢，叫住我幹嘛？

店家說，前面山崗有大老虎啊！本來「三碗不過崗」的，客官你都喝了十八碗了，現在也傍晚了，還是別走了，就在我們店裡住下吧。

武松大笑，哈哈，過了這個山崗，差不多就快到我家啦，我對這裡熟得很，這裡哪有什麼大老虎！別騙人了！

店家說，你不信就跟我回去看官府貼的告示，我貼在店裡，官府叫大家不要單獨過崗，說太危險了，最好等湊齊了二三十個人再一起過崗。

武松還是不信，大剌剌的說，哼，就算有大老虎我也不怕，你一直要留我下來，莫非是想用大老虎來嚇我，然後等到晚上好謀財害命？

敢情武松真的是喝多啦，講話這麼難聽。店家很不高興，就說，我是好心想救你，你不聽就算了，隨你吧！

說完就返身回到店裡去了，武松就提著他的哨棒（這是一種防身用的長木棍），踏著大步，朝著景陽崗去了。

不久，武松在途中兩次見到警告大家山裡出現老虎的告示，第一次他還是認為一定是那個不良商家，想騙旅人在他店裡住宿，第二次看到告示，再看看上面官府的印信，武松總算是信了，媽呀！還真的有大老虎！

武松一度也想立刻回轉，但一想到若現在回去，店家恐怕會笑話自己不夠好漢……

他想了一會兒，把心一橫，算了，不管了，怕什麼！還是繼續往前走吧！

接下去——我們都知道了，武松果真碰到了大老虎，而且還把老虎給打死，就此成了打虎英雄。

想想這頭大老虎的運氣也真夠背的，難得碰到一個一意孤行、行事魯莽的傢伙落單前行，照理說正可以飽餐一頓，哪曉得來人偏偏是武松。

例句

- 以今天的標準來看，「三碗不過崗」也是一句相當不錯的廣告標語呢！

魚米之鄉

不愁吃喝的富饒之地

「魚米之鄉」，是指盛產魚類和稻米的地方。

這雖然是一句用來形容富饒之地的成語，不過，講到「魚米之鄉」，中國大陸倒真有一番認定，是指長江中下游平原，也就是長江三峽以東中下游沿岸的帶狀平原，是中國三大平原之一。

另外兩大平原是東北平原與華北平原。這三大平原中，東北平原的面積最大，華北平原的人口最多，長江中下游平原則是中國大陸經濟最發達的平原。

長江中下游平原地跨七個省市，包括湖北、湖南、江西、安徽、江蘇、浙江和｜海，除了上海是直轄市，這塊區域裡其他重要城市還有武漢、南京、長沙、杭州等等。

既然盛產魚類和稻米，水資源必定非常豐富。長江中下游平原擁有長江天然水系以及縱橫交錯的人工河渠，成為全國河網密度最大的地區，同時，這個區域還是中國湖泊最多的地方，湖泊面積大約二一｜萬平方公

里，相當於平原面積的百分之十，太湖、巢湖、洞庭湖、鄱陽湖都是著名的淡水湖，還有大量的小湖泊，所以這裡除了「魚米之鄉」，又被稱為「水鄉澤國」。

長江中下游平原水陸交通發達，主要的工業有鋼鐵、機械、電力、化學、紡織等等，是中國重要的工業基地，土壤主要是黃棕壤或是黃褐土，南緣為紅壤，平地大部分為水稻土。

例句

- 爺爺的故鄉在太湖之濱，是富饒美麗的魚米之鄉。
- 俗話說「上有天堂，下有蘇杭」，江南之所以堪比天堂，恐怕除了風光秀麗，也因為是魚米之鄉吧。

粗茶淡飯

簡樸平淡的生活滋味

「粗茶淡飯」，指簡單的、並不精緻的飲食，「粗」與「細」、「濃」與「淡」，都是相對應的概念。人們經常用「粗茶淡飯」這句話來形容生活的簡樸。

關於這個成語的出處，有兩種說法，中間相差超過八十年。

一、出自北宋著名文學家和書法家黃庭堅（西元1045～1105年）的詩句：

粗菜淡飯飽即休，

補破遮寒暖即休，
三平二滿過即休，
不貪不妒老即休。

意思是說，人生在世，不可有過多的奢望，比方說，不必要求什麼口腹之慾，只要有粗菜淡飯能吃飽就行；即使蓋的是破被子，只要還夠暖和、能遮寒就行；不必為功名利祿所迷惑，只要日子還算平穩，能過得去就行；一生不貪不

妒，能平平安安到老就行。

這不僅反映出一般平民老百姓淡泊名利的心理，也是很多人都相信應該遵循的養生原則。

此外，所謂「三平」，是指衣、食和住這三方面平平常常；「二滿」，則是指滿足於已有的名、位，不再做過高的期望。

二、出自南宋著名詩人、文學家和政治家楊萬里（西元1127～1206年）的詩句：

徑須父子早歸田，粗茶淡飯終殘年。

「徑須」就是直須、應當的意思，這是楊萬里在接到兒子的家書時，想到父子分別時的情景，寫了一首很有感情的詩，然後在全詩最後寫上這麼兩句，表示實在應該早一點辭官回鄉，以粗茶淡飯度過晚年，言下之意自然就是有感於世間還是唯有親情可貴，只要能跟家人在一起，就算沒有榮華富貴，每天只是粗茶淡飯，也已經很滿足了啊。

還有好幾個和「粗茶淡飯」詞義近似的成語，我們不妨也一起來了解一下。

粗衣糲食。「糲」是粗糧、糙米，所以這句話的意思是穿粗布衣、吃粗米飯，形容生活水平很低，而且也不追求生活享受。不過，時代不同了，現代人反而很多都會追求吃粗糧，認為比較健康。

麥飯豆羹。也是比喻生活水平低下。

布衣蔬食。「蔬食」是指粗食。這句話也是穿布衣、吃粗糧之意，形容生活清苦。

粗衣惡食。指粗劣的衣服和食物，形容生活儉樸。

最後，「**家常便飯**」這個詞或許乍看好像也有些相近，但實際上並不是，這就只是在請客時的一種自謙之詞，譬如，「我沒有什麼好東西招待你，都只是家常便飯而已」。

例句

• 物質的慾望永無止境，如果不在這方面做過多的追求，粗茶淡飯也可以滿足，那我們的心靈就會自由得多。

• 「家和萬事興」，一家人能夠和睦相處最為可貴，即使只是粗茶淡飯也會覺得很幸福。

巧婦難為無米之炊

世上沒有無中生有的魔法

「巧婦難為無米之炊」，即使是聰明能幹、心靈手巧的婦女，如果沒有米，也是做不出飯來，因為不可能無中生有。

這句話的出處，一般認為可追溯至南宋詩人陸游（西元1125～1210年），在其《老學庵筆記》中的一句話：「巧婦安能作無麵湯餅乎？」

「安」在這裡是表示反問，「怎麼」、「哪裡」之意；「湯餅」是指水煮的麵食。這句話的意思就是，即使是再厲害的巧婦，沒有麵粉的話怎麼能做出麵食呢？

後來，在民間就慢慢演變成「巧婦難為無米之炊」，可能是因為對於中國人來說，吃飯還是比吃麵更為普遍吧，用來比喻就算是能力再強的人，如果缺少了必要條件，事情也是很難做成的。

陸游是南宋最重要的詩人，也是至今為止現存詩歌作品最多的詩人。他相當高壽，享年八十五歲，一生都保持著豐沛的創作力且

努力不懈。

身為愛國詩人，在投降派才是南宋朝廷政治正確的主流下，陸游始終鬱鬱不得志，在六十五歲以後，他終於放棄了，蟄居故鄉山陰（今浙江紹興）。在他人生最後的二十年，基本上就是在讀書和寫作中度過。

《老學庵筆記》是陸游晚年的作品。「老學庵」是他位於鏡湖岸邊書齋的名字。陸游曾經在《劍南詩稿》中談到自己為書齋命名為「老學庵」的用意，是取「師曠老而學如秉燭夜行」之意，就是說要效法師曠的精神，師曠是春秋時代著名的樂師，為晉國的大夫，到了晚年儘管年紀已經很大了，上進心還是很強，深夜也都還是拿著蠟燭堅持學習。

不過，這個說法有一點奇怪，因為按古籍記載，師曠是一個盲人，常自稱「盲臣」。至於他為什麼盲，有三種不同的說法，一、天生眼盲；二、因為他有感於眼睛會看到太多無關緊要的東西，讓他無法專心從事音樂，因此故意用艾草把自己給燻瞎（盲人的聽覺確實都特別靈敏）；三、雖然他自幼酷愛音樂，又在這方面極具天賦，可就是生性愛動，無法專心學習，因此在跟著衛國宮廷樂師學琴時，為了下定決心一定要好好學琴，竟然採取了非常極端的做法，用繡花針刺瞎了自己的雙眼，然後拼命苦練，最後琴藝終於超越了自己的老師。

不管是哪一種說法，盲臣師曠怎麼會在深夜還拿著蠟燭堅持學習呢？

所以就有另外一個論點，提到《顏氏家訓》中有這麼一句話：「幼而學者，如日出之光，老而學者，如秉燭夜行，猶賢乎瞑目而無見者也。」意思是說，從小就學習的人，就好像日出的光芒，而到了老年才開始學習的人，就好像手持著蠟燭在夜間行走一樣，但不管怎麼樣也總比閉著眼睛什麼都看不見的人要強。

《顏氏家訓》是南北朝文學家、教育家顏之推（西元531～約597年）的作品。顏之推所生活的年代比陸游要早五百多年。

無論如何，陸游提倡「活到老，學到老」的精神，並且身體力行，這一點是沒有疑義的。

《老學庵筆記》裡記載了很多風土人情、奇聞異事，也考辨了很多詩文、典章、風水等等，最大的特色是不僅內容豐富，而且非常真實，都是陸游所親身經歷、或是親耳所聞之事，陸游的筆調又很流暢，令人讀來興趣盎然，被推崇為宋朝筆記書中極為優秀的作品。

例句

• 作文首先要解決「我要寫什麼」，其次才是「我要怎麼寫」，因為如果沒有材料，就算知道很多作文技巧，也是「巧婦難為無米之炊」啊。

酒囊飯袋

飽食終日，無所事事

「酒囊飯袋」是一句非常糟糕的貶義詞，和「飯坑酒囊」是一個意思，都是譏諷那些只會吃喝的無能之人。

這個詞出自東漢著名思想家王充（西元27～約97年）《論衡》一書：「飽食快飲，慮深求臥，腹為飯坑，腸為酒囊……」

看看這個批評有多嚴重，形容某人的肚子就像是飯坑，腸道則像是酒囊……

王充是會稽上虞（今天浙江上虞縣）人。他出身貧寒，但是非常好學，買不起書就經常流連洛陽一些賣書的小店鋪，在裡頭看免費書，用這樣的方式讀書，居然也讀了很多書，再加上他勤於思考，是活讀書，學問更是精進，由此也可見王充必定天資極高。

像王充這樣的人，自然是對那些「飽食終日，無所事事」的人非常看不慣的，於是就譏諷人家好比是「酒囊飯袋」，大有指責真是枉而為人的意思。

這個詞至少有三個近義詞：「衣架飯囊」、「徒具形骸」和「行屍走肉」。

先講「行屍走肉」，就字面上的意思看實在是很恐怖，是指走動的屍體、活動的肉體，簡直就是「活死人」，而「衣架飯囊」、「徒具形骸」（「骸」是「骨」之意），也都是說只有人的形體，但並不具備人的感覺，尤其是指一個人沒有生活理想，就這麼渾渾噩噩、糊里糊塗的過日子。

因此我們可以知道，「酒囊飯袋」並不是斯文的在罵人是「笨蛋」、「飯桶」之類，因為「笨蛋」、「飯桶」這些詞純屬人身攻擊，而「酒囊飯袋」則是在強調意志，只要有上進心，肯下苦功夫去學習，就算天資平平，假以時日多少也還是會有那麼一點成績，可是如果沒有上進心，那就無異是混吃等死了。

此外，雖然歷代對於王充及其代表作《論衡》的評價褒貶不一，至少可說是毀譽參半，但考慮到王充所處的時代背景，一般還是普遍會認為無論是王充或是《論衡》都還是有其一定的價值。

王充生活在東漢初年。當時，儒家思想是主流，可是與春秋戰國時期的儒家學說不同的是，此時的儒家學說摻進了神祕主義的色彩，使「儒學」成了「儒術」，這是王充所反對的，他寫作《論衡》的用意，就是要針對這些不當的思想做一番批判，希望能夠進而撥亂反正（「衡」的本意是天平，「論衡」這個詞的主要意思就是在評定當時言論的價值）。

王充非常痛恨當時惡俗的社會風氣，也正因為如此，儘管他也做過幾任州、縣官吏，但總是與周遭格格不入，經常因為與權貴發生矛盾而自動去職。不過，王充不慕富貴，到後來就算是皇上下詔，要他出來做官，他也不願意。最終，王充憑著八十五篇、一共二十多萬字的《論衡》傳世（其中有一篇僅存篇目，所以實際上是八十四篇），在書中細緻的解釋了萬物的異同，也糾正了當時人們普遍存在的思想上的謬誤，是中國歷史上一部不朽的思想著作。

例句

- 人之所以與禽獸不同，就是因為我們有思想、有精神層面的需求，而不只是只圖能夠吃飽喝足就可以，否則豈不就成了活生生的酒囊飯袋嗎？
- 我們應該立志要做一個有用的人，不要做社會的米蟲，也不要做一個被人輕視的酒囊飯袋。

借酒澆愁

喝了酒還是會流淚

「借酒澆愁」的意思很淺白，就是字面上的意思——用酒來澆滅心中的愁悶。

不過，這樣的做法有沒有用呢？

東漢末年的曹操（西元155～220年）似乎認為有用。曹操寫過這樣的詩句：

「何以解憂，唯有杜康。」——出自〈短歌行〉

「杜康」本是一個人名，被尊為「酒聖」，後來就常常被用來代表美酒。瞧，曹操很明確的表示，有什麼可以解除我心中的憂愁啊，也許就只有美酒了吧。

但明朝著名文學家、戲曲作家李開先（西元1502～1568年）認為借酒澆愁沒用，行不通。

關於「借酒澆愁」的典故，其實源自於李開先在《後岡陳提學傳》中所寫的一句話：「只恁以酒澆愁，愁不能遣，而且日增。」「恁」是這麼、那麼，這樣、那樣之意。李開先這句話清清楚楚的表明，想要借酒澆愁是不可能的，結果只是非但愁不能解、排遣不了，而且程度還會加重呢！

想來李開先或許曾經想要借酒澆愁，發覺這樣沒用吧。他在二十七歲那年（嘉靖八年）考中進士，當時也算是青年得志了，可是後來的仕途並不算順利，甚至在壯年的時候因為目睹朝政腐敗，忍不住抨擊了一番，因此被罷官。之後儘管他也希望能夠重新被朝廷啟用，但矛盾的是，他又不肯趨附權貴，所以最後只能閒居終老。

比李開先早了八百年的李白（西元701～762年），應該也試過借酒澆愁。

「抽刀斷水水更流，舉杯消愁愁更愁。」——出自〈宣州謝朓樓餞別校書叔雲〉

這是李白的名句，說得多麼的傳神啊；想要抽刀斷水只是徒勞，水怎麼可能會被刀劍砍斷呢？就像如果想要藉著喝酒來排遣愁緒，也只會愁上加愁，讓自己更加悶悶不樂罷了。

不過，同樣是唐朝大詩人，比李白晚了幾十年的白居易（西元772～846年），似乎又倒是認為借酒澆愁是可能的。白居易寫過這樣的詩句：

「無如飲此銷愁物，一餉愁消直萬金。」——出自〈對酒〉

「無如」是不如；「銷愁物」是指酒；「餉」通「晌」，就是一會兒。這兩句詩句的意思是說，人在愁悶的時候啊不如就去喝酒，只要幾杯下肚，一會兒就什麼愁也沒有了，這種功效可是價值萬金哪！

美酒到底能不能消愁？歷來很多文人都提出了自己的看法，我們就再看看北宋思想家、文學家和政治家范仲淹（西元989～1052年）怎麼說。在這方面，范仲淹至少寫過以下這些有名的句子：

・「**愁腸已斷無由醉。酒未到，先成淚。**」——出自〈御街行・秋日懷舊〉

意思是說，愁腸已經寸斷，想要借酒澆愁，也很難使自己沉醉。酒還沒有入口，卻先化作了辛酸淚。

・「**明月樓高休獨倚，酒入愁腸，化作相思淚。**」——出自〈蘇幕遮〉

意思是說，不想在明月高掛天空的夜晚獨倚高樓望遠，只有頻頻將苦酒灌入愁腸，化作相思的眼淚。

看來，范仲淹應該也是認為借酒澆愁不可行吧，因為在他的筆下，不管有沒有喝到酒都會流淚哪。

例句

- 爸爸總說他是借酒澆愁，媽媽卻說他是借酒裝瘋。
- 我猜想要體會借酒澆愁的滋味應該很難吧，不但要有酒，還要有愁，缺一不可啊。

畫餅充饑

想像力是你的超能力

「畫餅充饑」，字面上的意思是肚子餓了沒東西吃就畫一個餅，這自然是安慰作用，也許是想著再撐一下，很快就可以吃到好吃的餅囉！或者是回味曾經吃過的好吃的餅，想像著如果現在那個香噴噴的餅就在自己手裡該有多好！想著想著或許就沒那麼餓了（當然，也或許反而會更餓）。

由於餅是畫的，眼前並沒有餅，所以這個成語就被用來比喻一種情境，那就是以空想來安慰自己。

其實這個意思是後來慢慢演變的，「畫餅充饑」最初的意思是把一個人的虛名比喻成畫出來的餅，因為畫出來的餅不能真正充飢，以此來表示虛名毫無用處，以白話來說就是「又不能當飯吃」。

這個成語出自《三國志．魏書．盧毓傳》：「選舉莫取有名，名如畫地作餅，不可啖也」。

這裡說的選舉，是指舉薦人才，「啖」是吃的意思。這句話

的意思是，在舉薦人才的時候不能盡挑那些有名的，因為這些虛名就像畫出來的餅，又不能吃。

不過，這句話雖然是出自《三國志・魏書・盧毓傳》，但並不是盧毓（西元183～257年）所說，而是魏明帝曹叡（西元204～239年）說的。曹叡是三國時代曹魏第二個皇帝，是魏文帝曹丕（西元187～226年）的長子，他二十二歲即位，在位十三年，病逝的時候才三十六歲。

曹叡在執政後期貪圖享受，大興土木，又沉迷女色，留下了負面的影響，不過大體而言在政治、文化方面還稱得上頗有建樹。他很討厭當時那些浮誇的名士，一回「中書郎」出缺（這是三國時代從魏開始設置的官職，屬中書省，負責編修國史），曹叡要盧毓負責推舉人才，特別交代一定要注重真才實學，不要只看有沒有名，因為那些虛名就像是畫在地上的餅，又不能吃。這就是「畫餅充饑」的典故。

那麼，曹叡為什麼這麼信任盧毓呢？

盧毓是東漢大儒盧植（西元139～192年）的幼子。盧植不僅是經學家，也是著名的將領，東漢末年群雄之一、有「白馬將軍」之稱的公孫瓚（生年不詳，卒於西元199年），以及後來的蜀漢昭烈帝劉備（西元161～223年），都是盧植的門生。

在盧毓九歲的時候，父親盧植就死了，後來，兩個哥哥又先後過世，在東漢末年那個動蕩的歲月，盧毓辛辛苦苦養活著寡嫂和侄兒，日子過得十分艱難，但是他的人品和學問受到很多人的敬重。

之後，盧毓做了官，為官清正，認真負責，不僅魏明帝曹叡很信任他，事實上從曹操開始，盧毓一共侍奉了五位君主，負責人才的評價和舉薦，始終深獲君主的信任。

例句

- 那些總是說「等我將來如何如何，就一定如何如何」的人，往往都只是在畫餅充饑罷了。
- 任何目標，如果只是一味空談，遲遲拿不出具體的行動，就只不過是畫餅充饑，沒有什麼實質上的意義。
- 光是說大話，畫餅充饑，誰不會呢？重要的是要有實踐的魄力和勇氣。

望梅止渴

曹操的機智

不知道曹叡在說出「畫餅充饑」這樣的比喻時，有沒有受到祖父曹操的影響；有一個與「畫餅充饑」詞義近似的成語，正是出自曹操的典故。

《世說新語》記載了這個故事。《世說新語》又名《世說》，是南朝時期著名的筆記小說，一般認為是南朝宋臨川王、同時也是一位文學家劉義慶（西元403～444年）所寫，但也有人說是由劉義慶組織門客來編寫，內容主要是記載東漢後期到魏晉之間一些名士的言行與軼事，是中國最早的一部文言志人小說集（「志人小說」，「志」在這裡是記載之意)。

《世說新語》原本有八卷,但後來很多都散失了,留下來的只有三卷。

書中有一個類別叫做「假譎」,「譎」是欺詐、狡詐的意思,收錄了十四個故事,都是以某種作假(有的是說假話,有的是虛晃一招、做了虛假的事),然後以此來達到一定的目的。

其中有一個故事是這樣的。有一次,曹操率領著部隊行軍,途中找不到水源,士兵們又都非常口渴,怎麼辦呢?

曹操傳令下去,告訴士兵們前方有一片梅子林,上頭結了很多果子,只要到了那片梅子林,大家吃了酸酸甜甜的梅子以後,就可以解渴了。士兵們一聽,光是想到不遠處有一片梅子林,嘴巴裡的唾液腺就開始不知不覺的自動分泌,流起了口水,這麼一來,就沒方才那麼的口乾舌燥、難以忍耐了。

就這樣，在曹操的哄騙安撫之下，士兵們的精神得到了很大的鼓舞，不久終於找到了水源。

這就是「望梅止渴」的典故。後人經常用來比喻用空想來安慰自己，給自己打氣。

儘管《世說新語》在編寫「假譎」中的這些故事時，看不出有什麼惡意（不少學者都說是全無惡意），但或許是因為曹操「一代梟雄」的形象太過深入人心，因此歷來對於曹操「望梅止渴」之舉，固然有人讚賞，說這是一種智慧，但也有人批評，說這就是曹操為人奸詐的證明。

北宋著名思想家、政治家、文學家、改革家王安石（西元1021～1086年）對此是持正面的評價，還特別寫了一首詩：

將軍馬上設良謀，遙望青山指梅樹。
日往月來時已久，萬古千秋名未朽。

又是良謀，又是萬古千秋，由此可見王安石對曹操「望梅止渴」之舉有多麼高的評價。其實，身為領導人，如何激勵士氣，尤其還是在比較緊急的情況之下激勵士氣（譬如士兵都很口渴疲乏，附近又沒有水源），是一門學問，曹操用「望梅止渴」鼓舞著士兵，最終帶領部隊找到了水源、脫離了險境，確實應該是屬於良謀，展現了曹操的機智，據此說他奸詐似乎並不公允。

此外，南宋著名詞人、有著「千古第一才女」之稱的李清照（西元1084～約西元1155年），曾經把「望梅止渴」和「畫餅充饑」這兩個意思相近的成語聯繫在一起：

說梅止渴，稍蘇奔競之心；

畫餅充饑，少謝騰驤之志。

「蘇」是緩解之意，「奔競」是指奔走競爭，形容那些一味追名逐利之人；「少謝」是稍稍的表達。

這兩句的意思是說，望梅止渴，能稍微減緩迫切的心情，畫餅充饑，能稍稍表達我遠大的志向。

很多時候，人往往要靠想像來過日子，才能支撐自己度過眼前比較困難的處境，譬如，想像一下只要考完試就可以去看一場很想看的電影，現在就還是先好好用功吧！

例句

- 我天天看著那盒一千片拼圖的照片望梅止渴，等我存夠了錢一定馬上就去買！
- 即使理想往往不易實現，但如果能夠經常想一想，哪怕只是望梅止渴也好，總能產生安慰和鼓勵的作用。

瓜田李下

不必要的誤會能免則免

「瓜田李下」是出自三國時代大才子曹植（西元192～232年）的一首詩作〈君子行〉。曹植是曹操的兒子，曹丕的弟弟。

君子防未然，不處嫌疑間。
瓜田不納履，李下不正冠。
嫂叔不親授，長幼不比肩。
勞謙得其柄，和光甚獨難。
周公下白屋，吐哺不及餐。

一沐三握髮，後世稱聖賢。

在這首詩作裡，曹植開宗明義提出自己的中心思想，那就是君子應該「防患於未然」，在禍患發生之前就加以預防。「防患於未然」是中國民間常用的俗語，出自古老的《周易》，相傳是周朝的奠基者、周文王姬昌（西元前1152～前1056年）所寫。《周易》上說，「君子以思患而豫防之」，「豫」在這裡同「預」，「豫防」就是預防。

曹植的意思是，一個君子一定要懂得在平時就嚴格要求自己的言行，防患於未然，不要做出什麼會讓人心生疑竇的事。

講清楚中心思想以後，曹植就開始舉例說明。有哪些不當的行為舉止是容易讓人誤會的呢？他首先提到的例子就是「瓜田不納履，李下不正冠」，在瓜田裡不要穿鞋（或是不要弄鞋子），在李樹下不要端正帽子（或是不要弄帽子），這就是為了避免在彎腰弄鞋子或是伸手弄帽子時，會被人家誤以為是在趁機偷瓜和偷李子啊。

接下來，曹植又舉了兩個也是很生活化的例子，「嫂叔不親授」（這是指男女有別，即使嫂嫂

和小叔是親屬關係，在傳遞東西的時候也要注意避嫌，不要直接的遞和接），「長幼不比肩」（這是指長幼有序，長輩和晚輩因為地位不同，不應該比肩而坐，免得被人家誤以為是對長輩不敬，所以在同桌吃飯的時候，才會區分長輩和晚輩的座次）。

為什麼要這麼注意呢？因為「勞謙得其柄，和光甚獨難」啊，意思是說即使是一個辛勤勞動、謙虛待人的人，即便是在光天化日之下，也還是有可能一不小心就落人把柄。

最後，曹植舉周公為例（約西元前11世紀下半業，商末周初）。在成王（西元前1055～1021年）年幼，周公以首輔宰相的身分攝政時，周公明明是那麼的無私、那麼的盡心盡力，也還是唯恐有人會說他有野心，因此不僅住「白屋」（指極為普通，甚至稱得上是窮人家的住所），而且「吐哺不及餐」、「一沐三握髮」，一聽到有賢士來訪，即使是正在吃飯，也會趕快把嘴裡正在咀嚼的東西吐出來（「吐哺」），如果正在洗頭，就趕緊把溼答答的頭髮隨手攥住（「握髮」、「捉髮」），以最快的速度出來見客，這除了表現出周公禮賢下士、求才若渴的心情，大概多少也是有點兒擔心如果自己的動作不夠快，讓客人等得太久，人家會誤以為他是在擺架子吧。

曹植就這樣一連用了好幾個例子，來告誡人們處事要謹慎，要懂得避免引起不必要的誤會，是不是很有才呢？

順便說一下，「才高八斗」這個成語就是跟曹植有關。南北朝時的詩人謝靈運（西元385～433年）生活的年代比曹植大約晚了兩百年，曾經說「天下才有一石，曹子建獨占八斗，我得一斗，天下共分一斗」（「子建」是曹植的字，十斗為一石），此話在表達欣賞曹植之餘，也流露出謝靈運的自負。後人就用「才高八斗」來形容某人文才高超。

例句

・因為我們班有同學進入決賽，王老師為了避免瓜田李下，宣布他退出決審委員的陣容。

・理論上，只要行為端正，即使瓜田李下也不必擔心會遭到非議，實際上卻是人言可畏啊，很多事情還是多注意一下會比較好。

投桃報李

禮尚往來

「投」有好幾種意思，「投桃報李」中的「投」是採「遞送」之意（譬如「投稿」），「報」則有「回答」之意（譬如「報答」、「報恩」、「報仇」，是指針對別人對我們所做的某種行為而做出來的反應），因此，「投桃報李」這個成語的意思很明確，就是比喻友好往來，互相贈送東西，人家送我桃，我就回送李。

這個社交禮儀的形成歷史悠久，因為「投桃報李」是出自《詩經》，「投我以桃，報之以李」。

《詩經》是中國最早的一部詩歌總集，是中國古代詩歌的開端，收集了西周初年至春秋中葉（西元前11至前6世紀）的詩歌共三百多篇，反應了周朝初年至晚期大約五百年之間的社會面貌。

這些詩作相傳是尹吉甫（西元前852～前775年）所採集，作者絕大部分都已無法考證。全書內容後經孔子（西元前551～前479年）所編訂，在先秦時期稱為《詩》，或取其整數稱《詩三百》，到了西漢被尊為儒家經典，開始稱之為《詩經》，並沿用至今。

尹吉甫是西周時期尹國人，既是尹國的國君，也是西周時期著名的賢相。正因為他所採集的《詩經》流傳後世，所以又被尊為「中華詩祖」。

在《詩經》中，尹吉甫還採集到另外一種說法，叫做「投之以木瓜，報之以瓊瑤」，這個說法後來也演變成一句成語——「投木報瓊」，只不過被使用的頻率與「投桃報李」完全不能相提並論。

這裡所說的木瓜可不是我們現代概念中的水果木瓜，而是指一種落葉灌木，果實看起來像小瓜，在古代有一種以瓜果做為男女定情信物的風俗；「瓊瑤」則是指美玉。「投之以木瓜，報之以瓊瑤」就是說送我小瓜，我回報美玉。

總之就是要「禮尚往來」。另一部同樣屬於儒家經典書籍、成書於西漢的《禮記》，很明確的說：「禮尚往來。往而不來，非禮也；來而不往，亦非禮也。」

《禮記》的作者是西漢禮學家戴聖（生卒年不詳）。

當然，正因為「禮尚往來」，有時不免也會造成一些人情上的困擾。譬如曾經有人去看望孔子，孔子大約是對此人印象不佳，藉故不見，後來這人有一回在上門時就刻意留下一隻烤乳豬，不久，終於得到孔子的回訪。

一直到現在，「禮尚往來」仍是一個世界通行的禮儀習慣，而在訂婚、結婚典禮上，男女雙方交換信物，則除了禮節之外，還有更深的象徵意義，表示兩情相悅，兩心相許。

例句

- 我和小花的生日只差一天，昨天她送我一盒巧克力，今天我投桃報李，回送她一盒提拉米蘇。
- 投桃報李、禮尚往來是一種禮節，如果經常只收禮而不回禮是非常失禮的，很容易就會被視為是小氣、愛占小便宜。

桃李滿天下

教過的學生，多得不得了

如果要讚美一位老師在教育崗位上投注了多年的心血，學生很多，沒有比「桃李滿天下」這句還要更合適的了，其中的「桃李」就是指所教過的學生，或是所培養的後輩，比方說，某一位表演者就算不曾在學校裡教過書，可是培養出很多弟子，那也可以說是「桃李滿天下」。

這個詞語的典故出自春秋時期魏國的大臣子質（生卒年不詳）。子質的學問很好，因為得罪了魏文侯（西元前472～前396年），跑到外地去避難。他投奔一個朋友，朋友很講義氣的接納了他，讓他住下，可是子質眼看朋友的家境並不富裕，深感自己的叨擾實在是增加了朋友的負擔，很過意不去，便想開個學館，收幾個學生，教教書，也算是自食其力。

朋友就騰出兩間空房讓子質做為教室，學館就這麼開張了，堂堂昔日大臣就這麼做起了教書先生。子質和孔子一樣，也是秉持著有教無類的精神，不分貴賤賢愚，只要願意來學的，他都會收下，一視同仁。

學館裡有一棵桃樹，還有一棵李子樹，凡是上門要跟隨子質學習的，都要跪在這兩棵樹下進行拜師儀式，子質會指著這兩棵樹對學生說，你們都要好好認真的學習啊，只要肯刻苦學習，將來就能像這兩棵樹一樣開花結果。

在子質認真的教導下，很多學生後來都學有所成，回國之後不乏有成為國家棟樑的例子。他們為了感念子質的栽培，都在自己的住處也都栽種了桃樹和李子樹。

日後，當子質遊歷各國，在各國見到這些很有出息的學生，並且看到學生栽種的桃樹和李子樹時，很是高興，也很是欣慰，遂自豪的表示，我的學生真是桃李滿天下啊！

從此，「桃李」就被

用來比喻學生和後輩，而「學生很多」就被稱為「桃李滿天下」了。

桃樹和李樹都是很有中國特色的落葉小喬木，也都是很有經濟價值的果樹，以此來形容學生，對學生來說也都算是一種抬舉呢。

先介紹李子樹。李子樹別名櫻桃李，原產中亞以及中國新疆天山一帶，在中國大陸大部分地區都有栽種，主要分布在南方地區，西部地區則有野生種。

桃樹也是原產於中國，在大陸各省都有廣泛的栽培，利用很廣，花可以做為觀賞，果實可以做為水果，而且食用的方式頗多，可以生食，也可以製成罐頭等等，就連核仁也可以食用。

在中國傳統文化中，桃樹還具有多方面的意義。比方說，桃花象徵著春天、美顏、愛情與理想的世界，在《詩經》中就可見得到桃樹；桃木經常被用作驅邪，因此春聯最早就是寫在桃木板上（「桃符」）；桃果更是融入了中國的神話傳說，象徵著長壽、健康、生育的寓意。

例句

• 媽媽做了很多年的老師，桃李滿天下，在路上經常會碰到有人叫她「王老師」。

• 看到自己的學生遍布各行各業，桃李滿天下，應該是一個老師最大的成就吧。

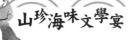

一飯千金

非比尋常的一頓飯

「一飯千金」，光是從字面上看就知道這頓飯非比尋常；什麼樣的大餐居然能夠價值千金？當然不會是一般的大餐了。

這是比喻對自己有恩的人給予厚報。這個成語有一個近義詞，叫做「一飯之恩」，裡頭有一個「恩」字，就很好理解了。

這個成語的典故出自韓信（約西元前231～前196年）。他是西漢開國功臣，是一位極為傑出的軍事家，經常用兵如神，是「漢初三傑」之一，另外兩傑分別是蕭何（西元前257～前193年）和張良（約西元前250～前186年）。

他在從軍之前，因為家裡很窮，就總是跑到城下釣魚，碰碰運氣，只要能夠釣到魚就有東西吃了，不過釣魚終究不是很可靠的辦法，經常枯坐老半天都毫無所獲。在他釣魚的河邊，有好幾位婦人（「漂母」，「漂」就是漂洗的意思）也常常在河邊洗衣服，有一個婦人（有的版本說是一個老婆婆）對韓信心生同情，就經常施捨一點飯給他，韓信很是感動，有一天，還激動的對婦人說：「等我將來發達了，一定會好好報答你的！」

可是，婦人一聽，一點也不高興，反而還很不以為然的指責韓信說：「算了吧，大丈夫不能養活自己，還在這裡說什麼大話啊！我是看你可憐才給你飯吃，難道還會指望你報答嗎？」

韓信是一個大塊頭，按書上記載，他身高「八尺五寸」，相當於一百九十六公分，想像一下，這麼一個人高馬大的男子，居然還要靠本身經濟情況應該也不是很富裕的漂母接濟，已經是很說不過去，漂母大概是覺得此人的能力一定很差很差，就可憐可憐他，做一點善事，但是一個能力很差的人如果還喜歡說大話，那就實在是很讓人厭惡了。漂母說自己只是單純的行善，一聽韓信說什麼將來要報答他就不高興，應該是很真實的反應。

不過，韓信不是說說而已，儘管漂母不以為然，他還是把自己的承諾放在心上，後來，在他發達了以後，回到家鄉，特地召見當年那個漂母，賞賜她千金。這就是成語「一飯千金」的典故。

不知道漂母在收到韓信的回報時是什麼反應？在這方面沒有留下文字記載，想必是非常驚訝吧。

比韓信早兩百多年的春秋末期吳國大夫伍子胥（西元前559～前484年）也有過類似的故事，也是早年在困厄時曾經受過一位漂母施捨飯食的恩惠，後來發達了以後想要報恩，可是這個時候漂母已經死了，還是投水而死，可伍子胥堅持要回報她，就朝漂母自殺的河水裡投下了百金（類似為逝者燒點冥鈔的概念）。

例句

・一飯千金就是要強調知恩圖報的精神。

一粥一飯，當思來之不易

浪費是一種罪惡

「一粥一飯，當思來之不易」，意思是說，對於一頓粥或是一頓飯，都應該想到其來之不易。

確實是非常不易。就以水稻來說，水稻原產於中國和印度，距今大約七千年前，中國長江流域的人們就曾種植水稻，水稻所結果實就是稻穀，稻穀脫殼之後就是糙米，糙米碾去米糠層就可得到白米，世界上將近一半的人口都以白米做為主食。從插秧開始一直到收成，再經過包裝、運輸，被送到商店放在貨架上，然後家裡還要買得起白米，畢竟在這個世界上還有很多人是買不起白米的啊，白米買回家，最後還要經過烹飪才終於能夠變成香噴噴的一碗飯（或是粥）……想想在這整個過程裡，有多少人的辛勞和汗水，而只要能夠多想想手上拿的這碗飯（或是粥）是多麼的來之不易，就會自然而然的產生愛惜之心，不會隨便浪費了吧。

對待白米是如此，對待其他一切的物資又何嘗不是，所以在

「一粥一飯，當思來之不易」後面還有一句話，「半絲半縷，恆念物力維艱」，意思就是說，哪怕是對於衣服的半根絲或半條線，我們也要經常想著這些物資的產生都是很艱難、很不容易的（再次證明吃和穿是民生基本需求，因此從愛惜吃和穿，就可引申為要愛惜所有的物資，不要浪費）。

「一粥一飯，當思來之不易」，出自《朱子家訓》（又名《治家格言》）。請注意，這裡說的「朱子」，並不是指南宋著名理學家朱熹（西元1130～1200年），而是指比朱熹要晚將近五百年的朱用純（西元1627～1698年），朱用純是明末清初的理學家和教育家，「柏廬」是他的號，這也是為什麼他所寫的《治家格言》又被稱為《朱柏廬治家格言》的原因。

朱熹也寫過《朱子家訓》，內容完全不同，開頭是這樣的：

君之所貴者，仁也。臣之所貴者，忠也。父之所貴者，慈也。子之所貴者，孝也。兄之所貴者，友也。弟之所貴者，恭也……

意思是說，做為國君，最重要的是要懷有一顆仁慈的心，才能苦民所苦。做為臣子，最重要的則是忠誠（當然這是封建社會的標準）。做為人父，最重要的是慈愛。做為人子，最重要的是孝順。做為兄長，最重要的是友愛弟弟妹妹。做為弟弟妹妹，最重要的是要恭敬兄長……

而朱用純的《朱子家訓》，則並未談及君臣關係這樣的層次，而是以家庭道德、修身治家之道為主，全文僅五百多字，文字通俗易懂，言簡意賅，對仗又工整，很容易朗朗上口（譬如「一粥一飯，當思來之不易；半絲半縷，恆念物力維艱」）。

至於裡頭的內容，有些固然因為時代的變遷，在今天看來或許已經有些不合時宜，但大部分都還是經得起時代的考驗，一點也不過時。

比方說，朱用純殷殷告誡，早上起來要「灑掃庭除，要內外整潔」，晚上睡覺前要「關鎖門戶，必親自檢點」，而在如何修身這方面，朱用純的教誨也很多，包括：

- 「勿貪意外之財，勿飲過量之酒」。
- 「處世戒多言，言多必失」。
- 「施惠勿念，受恩勿忘」（幫助別人的事，做了就做了，不要放在心上，更不要老是放在嘴上，經常掛在嘴上不就是一直在向別人索要感謝嗎？可是如果受了人家的恩惠，哪怕人家有修養不提，我們自己可要牢牢記在心裡，不可或忘，有機會就要報答人家）。

- 「人有喜慶，不可生妒忌心；人有禍患，不可生喜幸心」（不要見不得人家好，不要幸災樂禍）。
- 「善欲人見，不是真善；惡恐人知，便是大惡」（做了一點好事，如果就巴不得讓所有人都知道，這就不是真正的善舉，經常都只是流於偽善；做了一點壞事，哪怕是看起來好像也沒什麼大不了的事，但只要是你唯恐被別人知道，就是一件很不好的事）。
- 「宜未雨而綢繆，勿臨渴而挖井」（這裡用到了兩個成語，「未雨綢繆」和「臨渴掘井」。「綢繆」就是緊密纏縛，引申為修繕之意，「未雨綢繆」就是指做事要有計劃，好比要趁著沒有下雨的時候趕緊修繕房屋門窗，這樣等到下雨時就不會漏水了；「臨渴掘井」，按字面上的意思，是等到口渴了才來掘井，比喻沒有眼光、行事缺乏計劃，事到臨頭才手忙腳亂的想辦法）。

• 「家門和順，雖饔飧不濟，亦有餘歡」，「饔」是早飯，「飧」是晚飯，這句話的意思是說，只要家裡和氣平安，就算在物質上貧乏一點，也還是會覺得快樂幸福，這話說得真是一點也不假啊！

例句

• 浪費是一種罪惡，因為「一粥一飯，當思來之不易」。

• 「一粥一飯，當思來之不易」，即使是去「吃到飽」的餐廳，也不應該拼命拿，還是要適量，不要浪費。

杯弓蛇影

自己嚇自己

一把掛在牆上彎彎的弓映照在酒杯裡，被誤認為是一條小蛇，因此令人心生恐懼，這就是「杯弓蛇影」，比喻因為疑神疑鬼而引起恐懼。

這個典故最早見於東漢學者應劭（約西元153～196年）所著的《風俗通義》。應劭出身官宦世家，少年時就非常好學，還頗善於思考，後來做過泰山太守。

《風俗通義》原書三十卷、附錄一卷，今僅存十卷。應劭在裡頭記錄了大量的神話異聞，並且都加上自己的評議，對一些迷信和奇聞怪談都有所反駁，頗具科學精神，是後世研究漢以前關於鬼神崇拜以及諸多民間風俗的重要文獻，書中就記載了「杯弓蛇影」這個故事，後來在《晉書．樂廣傳》中也有類似的故事。

話說晉朝有一個人，名叫樂廣，很喜歡結交朋友，而且他很愛熱鬧，很喜歡邀請朋友來家中聚會。

一天，樂廣家中又是高朋滿座，當大夥兒都正高高興興的飲酒作樂時，發生了一件怪事，一個客人剛舉起酒杯，無意中瞥見杯子裡竟然有一條小蛇！這人嚇了一大跳，但當時礙於情面，覺得不好聲張，只好硬著頭皮就這麼喝下。

但很快的，他感覺很不舒服，就先匆匆告辭，臨走前也沒說明是基於什麼原因非要早走不可，這令樂廣感到有些納悶。

過了好幾天，這個朋友都沒有再上門，樂廣有些掛念他，就親自登門去拜訪。沒想到，一到朋友家才發現原來朋友病了，而且病得不輕。

樂廣覺得很奇怪，關心的問道，咦，前幾天在我家聚會的時候你不是還好好的嗎？怎麼忽然說病就病了呢？

朋友支支吾吾，不肯多說，只說就是那天晚上回到家裡以後開始病的。這麼一來，樂廣感到更奇怪，經過一再追問，朋友才老實說出那天喝下一條小蛇的事，想想有小蛇在自己的肚子裡，當然會生病了。

樂廣說，哪有這種事啊，酒杯裡怎麼可能會有小蛇！

朋友堅持說，真的有哇！是他親眼看到的，後來他一直很後悔，真不該喝下那杯酒的。

樂廣心想，朋友是怎麼見到酒杯裡有一條小蛇的呢？朋友沒有必要說謊啊……樂廣一時也不知道該如何解釋。

樂廣回去以後，坐在那天宴請賓客的地方，左思右想，左顧右盼，終於發現了一點不尋常之處，遂產生了一個假設，再經過反覆實驗，總算弄明白到底是怎麼回事了！

他趕緊把這個朋友再次請到家中，請他還是坐在上回的座位，然後再替他倒了一杯酒。朋友一舉起杯子，赫然看

到杯子裡又有一條小蛇！

這時，樂廣就說，老兄啊，別緊張，請你看清楚，那不是小蛇，而是影子啊。說罷，就站起來把掛在牆上的一把弓給取下。朋友再低頭一看，嘿，真的！杯子裡的小蛇不見了！

真相大白之後，朋友的病也不藥而癒，馬上就好了。他的病，本來就是心理作用，是嚇出來的啊。

這個故事有好幾層意思，首先當然就是告訴我們如果遇到什麼看似奇怪、甚至有些神祕的事，不要害怕，更不要輕易就相信那些詭異的說法，應該冷靜的觀察和思考，很多怪力亂神之事其實都是「誤會」，都有科學上的解釋；其次，心胸要開闊，為人要坦蕩，不要動不動就疑神疑鬼，試想那天晚上當客人看到自己的酒杯裡竟然有一條小蛇時，如果能當場就針對這個怪現象進行一番驗證，哪怕是說出來跟大家一起討論、一起研究，也許當天晚上就會有答案了，畢竟在正常的情況之下，酒杯裡是不可能出現小蛇的啊，而凡是不合常情的事，其中都必有緣由。

例句

- 「一朝被蛇咬，十年怕井繩」，恐怕就是一種杯弓蛇影的心理吧。
- 一個人警覺性高是好的，但如果動不動就疑神疑鬼、杯弓蛇影，那就不好了。

固若金湯

無比堅固的防禦力

首先我們要知道，「湯」在這裡是指熱水、開水，跟「赴湯蹈火」裡的「湯」是一個意思（想想看，「赴湯蹈火」，連開水、火裡都敢去，自然是比喻將拿出全部的勇氣、不會有任何保留的意思）。

由於古代的城池都會有護城河，「固若金湯」，是把護城河比喻成「湯」，再把城墻比喻成彷彿是用金屬來打造，因此，不難理解「固若金湯」這個詞就是形容城池和陣地非常的堅固了。

說起這個詞的典故，一般都說是出自《漢書・蒯通傳》。

蒯通，本名蒯徹，生活的年代是秦末漢初，後來因為漢武帝名叫劉徹（西元前156～前87年），為了避諱，不能用跟皇帝名字同樣的字，所以就改名為蒯通。

秦朝末年，陳勝（生年不詳～西元前208年）揭竿起義以後，派將領武臣率軍向趙地進攻。武臣一路挺進，所到之處，各地豪傑紛紛響應，他們很快便占領了趙國大部分的地區，武臣也因赫赫軍功被加封為武信君。

當武臣率軍即將打到范陽城時（今河北省保定市定興縣固城鎮），縣令徐公下令火速修建防禦工事，準備死守。

蒯通就住在范陽城。這天，他來拜見徐公，一開口就向徐公致哀，旋即又向徐公道賀，弄得徐公一頭霧水。

蒯通解釋道，大人做范陽縣令十多年，百姓都怨聲載道，但又都對大人莫可奈何，這是因為一直以來都有嚴苛的秦朝法令在保護大人啊，現在天下大亂，秦法派不上用場了，大人的死期就到了！所以我要向您致哀，不過，如果大人肯聽小人的話，我保證大人不僅不會死，還會榮華富貴，所以我又要向您道賀。

徐公聽得冷汗直流，趕緊讓蒯通幫自己出出主意。

蒯通就出發去見武臣。武臣此時正在積極招攬地方上有能力的人，得知蒯通是個人才，馬上就接見了他。

蒯通對武臣說，您到這裡一定就是為了要拿下范陽城的對吧，我有一計，可以讓您不費一兵一卒就達成目的，不知道您有沒有興趣聽聽看？

武臣聽了，眼睛一亮，有這麼好的事？那當然要聽聽看了！

蒯通說，范陽縣令聽說您要去攻城，正在積極備戰，打算死守范陽城，但我知道他其實是一個貪生怕死之徒，他現在這麼做，不是出於勇敢，而是恐懼，因為眼看您先前打下了十座城池之後，都把守城的官吏給殺了，所以他自然會覺得既然投降也是死，守城也是死，范陽城固若金湯，料您一時也打不下來，這麼算起來還不如守城，還有些活命的勝算。

武臣聽了這番分析，覺得有道理。蒯通繼續說，就算范陽縣的人民恨死了縣令，趁亂殺了他，也未必會願意投靠您，說不定還是會拼死守城，到時候您想要拿下范陽縣，恐怕還是會頗費一番勁兒。

說到這裡，蒯通終於說出他的妙計，那就是——乾脆赦免范陽縣令吧！

蒯通建議，不如給縣令徐公一點富貴，他自然就願意開城投降，老百姓也不敢隨便殺他，這樣您不是不費一兵一卒就可以得到范陽縣了嗎？最好還讓徐公坐著豪華的車子去附近的城池巡遊，讓附近縣城的官吏都看到原來向您投降不僅不會被殺頭，還有好處，那麼他們一定也都會紛紛趕著來向您投降的。」

武臣覺得蒯通的計策很好，便依他的建議行事。果然，范陽縣令徐公很快就投降了，沒過多久，附近城池的守城官吏也都紛紛投降了。

不過，關於「固若金湯」還有另外一種說法，說其實是來自於金湯寨。金湯寨位於今河南省方城縣城東十公里古莊店鄉境內，歷史悠久，是新石器時代的遺址，原名「小金莊」，在商代是北部邊界的軍事要寨，駐守的將領名叫金湯。由於這裡地形優異，城防堅固，易守難攻，因此一直很安定，連帶經濟也很繁榮，商王便依據原名「小金莊」中的「金」字，和這裡三面環水的地勢，命名為「金湯寨」，並且讚揚道：「邊防如果都能固若金湯大將所守之寨，將萬世無憂。」

後來經逐漸演變，後人便用「固若金湯」一詞來形容城防堅固。

例句

‧無論東方或西方，古代王國的首都在選址時都特別的講究，一定要地勢優越，固若金湯。

‧如果人心渙散，即使再怎麼固若金湯的城池也終會陷落。

二桃殺三士

虛榮心會致命

「二桃殺三士」，用兩個桃子殺了三位勇士，這是怎麼辦到的呢？其中一定有什麼計謀吧？又是出自誰的計謀呢？

這是春秋時期一則真人真事，但流傳於世不止一個版本，不同的版本在一些情節上多多少少都有些出入，不過指計謀是出自晏嬰（西元前578～前500年）的說法倒很一致。這個故事最早見於《晏子春秋》，在秦漢時期就已廣為流傳，在漢代經常能看到以此做為主題的畫像，後來慢慢演變成了成語，表示用計謀來殺人。

晏嬰是春秋時期齊國著名的政治家、思想家和外交家，以機智過人而出名，從二十二歲成為上大夫以後，一做就是五十幾年，歷任齊靈公、齊莊公和齊景公三朝，其中輔佐齊景公達三十年，時間最長。

《晏子春秋》是經過西漢文學家、史學家劉向（西元前77～前6年）的整理，一共兩百多篇，書中記載了很多晏嬰如何苦口婆心、用了很多深入淺出的方式，勸告君主應該要勤政，不要貪圖享樂，還要任用賢能、愛護百姓，並且虛心接納忠告的小故事，以非常生動的方式，展現了晏嬰的聰明機敏與思想，不過「二桃殺三士」這個故事為晏嬰招來了一些批評，不少人都認為晏嬰的計謀未免也太毒了。

那是在齊景公時期，齊國有三位大將軍，分別是古冶子、公孫接和田開疆，仗著功業彪炳，狂妄自大，經常表現出不可一世的樣子，晏嬰為了防患於未然，建議齊景公最好盡早除掉他們（有的版本則說是齊景公提出想要除掉他們，然後晏嬰獻計）。

這個辦法就是利用三位大將軍爭強好勝又虛榮的心理。

齊景公把三位大將軍找來，說要賞賜他們上等的桃子，可是接著又說現在桃子只有兩個，其他的都還沒有熟透，所以要三人都說說看，看看誰對國家的貢獻最多、功勞最大，就可以得到桃子。

公孫接的動作最快，馬上報出自己的軍功，理所當然拿走了

一個桃子。田開疆不甘示弱，緊接其後，在說了自己的功勞之後，拿走了第二個。

這可把古治子給氣壞了，古治子說，什麼！我只不過是客氣了一下下，沒跟你們兩個搶，你們居然就這樣沒有一點先見之明把桃子都拿走了？我就沒有了？難道我的功勞會比你們小嗎？

古治子立刻也細數自己的軍功，愈說愈氣，激動之餘竟拔出寶劍指著公孫接和田開疆怒道，你們說！難道我不該比你們更有資格得到桃子？

被古治子這麼一指責，公孫接和田開疆都覺得古治子說得沒錯，古治子的功勞確實更人，比他們任何一個都更應該得到桃子，於是都為自己方才搶先拿走桃子的行為感到十分羞愧……

為了表示懺悔，他們不僅都讓出了桃子，也當場自盡。

古治子頓時非常悔恨，覺得自己做得太過分了，不應該那樣吹捧自己、羞辱別人，如今公孫接和田開疆死了，古治子覺得自己也沒有面目再活下去，因此，他也跟著自殺了。

就這樣，區區兩個桃子，就輕鬆除掉了三位性格剛烈的猛將，也除掉了齊景公潛在的威脅。

例句

・「二桃殺三士」的故事跟希臘神話中「金蘋果之爭」異曲同工，都是利用虛榮心理，那個金蘋果上面如果不是有那麼一行字——「給最美麗的女神」，那些女神也就不會爭執不下了。

豆蔻年華

少女的青春時光

「豆蔻年華」是幾歲呢？現在這個詞是泛指少女的青春年華，不過在古代原本是特指十三歲，出自晚唐著名詩人杜牧（西元803～約西元852年）的作品，〈贈別二首〉：

其一

娉娉裊裊十三餘，豆蔻梢頭二月初。
春風十里揚州路，卷上珠簾總不如。

其二

多情卻似總無情，唯覺樽前笑不成。
蠟燭有心還惜別，替人垂淚到天明。

大概大部分的人都對第二首更為熟悉吧，第二首是寫情，濃厚的離別之情，大意是說，明明有著滿腔熱烈的情感，但一時無法表達，只能無言以對，看起來倒像是無情（「多情卻似總無情」），在酒筵上想要笑卻笑不出聲（「唯覺樽前笑不成」，「樽」是指古代盛酒的器具），案頭的蠟燭有心還曾依依不捨的惜別，你看它就這樣替我們流淚一直流到天明（「蠟燭有心還惜別，替人垂淚到天明」）。

第一首則是先寫人，寫那個讓杜牧捨不得的人，是杜牧看遍揚州城十里長街的青春佳麗，覺得那些捲起珠簾的女孩們沒有一個比得上的女孩（「春風十里揚州路，卷上珠簾總不如」）。「娉娉裊裊」是形容女子的體態輕盈美好，「娉娉裊裊十三餘」明確指出這個女孩是十三歲，然後因為下一句中用到了「豆蔻」一詞（「豆蔻梢頭二月初」），所以後來「豆蔻」一詞在古代也就代表十三歲了。

〈贈別二首〉是杜牧在三十二歲那年，從淮南節度使掌書記升任監察御史，即將離開揚州前往長安時，寫給揚州當地一個年僅十三歲的風塵女子的詩。「娉娉裊裊十三餘」先勾勒出這個少女美好的形象，繼之再形容她就像是二月初剛剛發芽的豆蔻嫩芽，含苞待放（「豆蔻梢頭二月初」）。

豆蔻又名草果，是一種多年生的草本植物。其實，春天的花卉很多，為什麼會特別選豆蔻花來比喻少女呢？人們主要是看中了它的外形，因為豆蔻在含苞這個階段，會顯得格外豐滿，因此被民間俗稱

「含胎花」。

在各種顏色的豆蔻花中，一般又認為以紅色最美，因為豆蔻花的花芯中央有兩瓣相並，紅色的這兩瓣看起來就像同心，在民間遂被視為愛情的象徵。

豆蔻在秋季會結一種呈扁球形的果實，種子看起來像石榴子，有香味，經常入中藥。

例句

- 正值豆蔻年華的少女，不用特別打扮都是美麗的。
- 豆蔻年華雖好，只可惜太過短暫。
- 豆蔻年華雖好，但只要能不斷充實自己，其實人生在每個階段都能展現不同的魅力。

天下沒有不散的筵席

珍惜此刻在你身邊的人

「天下沒有不散的筵席」，請注意，在這裡應該是「筵席」，而不是「宴席」。

「筵席」和「宴席」有什麼差別呢？

先看「筵」這個字。中國古代沒有椅子（所謂的「坐具」），古人是到了宋朝以後才完全進入到膝蓋以下可以垂直放下的「坐」的狀態，最早大家都是坐在地上，包括跪坐，從遙遠的商朝、周朝，到漢、魏幾朝一直都是如此，在很長很長一段時間之內都沒有什麼太大的變化，只不過所謂「坐在地上」不是直接坐在地板上，而是會坐在墊子（席）上，所以才會有「席地而坐」的說法，而「筵」的本意就是指席地而坐時讓大家坐著的那個席子，後來就泛指「筵席」。

什麼是「筵席」呢？就是指所有的酒菜配置，還有酒菜的陳設，以及佳餚的上法、吃法等等，而「宴席」則是在「筵席」的基礎之上再加上禮儀的程序，所以會有各種名目的宴席，譬如婚宴、壽宴、生日宴、慶功宴、喬遷之喜、金榜題名等等，在這些宴席中往往還會安排很多節目、程序（譬如請某某重要人士講話）。

當一頓飯吃完，曲終人散，總要把那些碗盤、餐巾之類收拾乾淨，再把餐桌椅重新排列整齊，餐廳也要重新打掃乾淨……「天下沒有不散的筵席」，怎麼可能會有什麼宴席是永遠吃不完、永遠不需要收拾的呢？

這句俗語出自明末文學家馮夢龍（西元1574～1646年）的《醒世

恆言》，引申的意思是說，世間所有的「聚」和「散」都是相對的概念，有聚就必有散，即使相聚再久，也終要分離。

馮夢龍出身士大夫家庭，在六十歲那年曾經擔任過福建壽寧知縣，不過後來還是回鄉去從事著述。他在中國文學上的貢獻主要表現在小說、戲曲、民歌等多方面，其中有創作（如《醒世恆言》等等），也有整理和編輯民間文學的作品。

除了《醒世恆言》，馮夢龍之前還寫了《喻世明言》和《警世通言》，這三本著作被後世稱為「三言」，是他在中國白話短篇小說的代表作，不同程度表現和反應了當時的社會面貌，以及市井小民的思想和感情，不過，從書名所用的「喻世」、「警世」、「醒世」這些詞看來，不難想見其中不免帶著許多封建說教的意味。

還有另外一位文學家，和馮夢龍處於同一時代，叫做淩濛初（西元1580～1644年），比馮夢龍小六歲，有兩本白話短篇小說也頗為出名，叫做《初刻拍案驚奇》和《二刻拍案驚奇》，與馮夢龍的「三言」合稱「三言二拍」。

例句

• 雖然我們都知道天下沒有不散的筵席，但是一聽到驪歌，想到以後大家要再見面不是那麼容易，眼淚還是忍不住流了下來。

• 趁現在大家都還在一起的時候要好好珍惜，因為天下沒有不散的筵席，畢業之後大家就各奔東西了。

美食典故小學堂

美食的由來、歷史與傳說

壹 餃子

「餃子」的烹飪方式很多，可煮、可蒸、可煎、可炸、可烤；「餃子」的餡料繁多，葷素皆宜，應有盡有……有一句俗語，「好吃不過餃子」，意思是說，什麼好吃的東西都比不過餃子，天底下就是餃子最好吃了！可見「餃子」是一個多麼有人氣、受歡迎的食品。

這句俗語的下一句是「舒服不如倒著」，後來也有更大白話的「舒服不如躺著」之說，想想過去農業社會，農人們每天日出而作，在外頭辛苦了一天，最舒服的事莫過於能夠趕快躺下來，日入

而息了。

關於「餃子」的起源，一個比較普遍的說法是源自東漢末年，而且令很多人意想不到的是，「餃子」最早是作為藥用，是「醫聖」張仲景（約西元150～約西元219年）所發明的。

當時正值寒冬，傷寒又正在流行，張仲景叫弟子用麵皮包著一些祛寒的藥材（譬如羊肉、胡椒等等），包成耳朵的形狀，叫做「嬌耳」，下鍋煮熟以後撈起來，再舀一碗煮「嬌耳」的湯做搭配，一起拿給病人吃。病人在吃下這樣一組一乾一溼的「祛寒嬌耳湯」以後，很快便感覺到渾身發熱（實際上是血液通暢了），兩個耳朵也變得暖呼呼的。大家就這樣吃著「祛寒嬌耳湯」，從冬至一直吃到除夕，既抵禦了傷寒，也治好了凍耳。

大年初一，大家就仿「嬌耳」的樣子做了一種食品，叫做「餃耳」、「餃子」，來紀念張仲景。後來這樣的做法就流傳了下來。

在三國時期，「餃子」已經脫離了藥用色彩，成為一種在民間相當普遍的食品，被稱為「月牙餛飩」，模樣和現代的「餃子」已經相當近似；南北朝時，「餃子」煮熟以後不是撈起來單獨吃，而是放在湯裡，要和湯一起混著吃，所以叫做「餛飩」，這樣的吃法一直到現在仍然在很多地方都見得到，湯裡還會放一些蔥花、蝦皮、香菜等等，滋味更好；大約到了唐朝，「餃子」的模樣和我們今天吃的已經幾乎一樣，吃的方式也是撈起來盛在盤子裡單獨吃，被稱做「偃月形餛飩」；到了宋朝，稱「餃子」為「角兒」……看看「餃子」的發展史，多麼的豐富啊。

根據古籍記載，春節吃「餃子」的習俗，最遲是在明代已經相當明確，比方說北京正月初一要吃「餃子」的習俗，就是在明代萬曆年間就有的。

到了清朝，「餃子」一般要在除夕子時（相當於晚上十一點）以前包好，然後在半夜農曆正月初一剛剛開始的時候吃，取「更歲交子」的意思，如此「餃」與「交」諧音，「子」意味著子時，「餃子」就被賦予喜慶團圓與吉祥如意的意義，從此，無論貧富貴賤，每年大年初一都要吃「餃子」。

就連花樣繁多的餡料，在過年的時候也都有了特殊的意義，比方說，白菜餡的叫做「百財餃」、油菜餡的叫做「有財餃」、魚肉餡的叫做「餘財餃」、韭菜餡的叫做「久財餃」、酸菜餡的叫做「算財餃」、甜餡的叫做「添財餃」等等，總之都是想發財，在名稱上討個吉利，無怪乎有人乾脆將「餃子」稱之為「元寶」，就連在包的時候也都盡量把「餃子」包得像一個元寶呢。

貳 燒餅

「燒餅」是中國傳統的食物，一種非常大眾化的烤烙麵食。「燒餅」這個詞是一個統稱，實際上品種繁多，包括大餅、烤餅、牛舌餅等各式各樣，據保守估計花樣至少超過一百種，很驚人吧！不過基本還是根據放鹽還是放糖，而分成甜燒餅和鹹燒餅兩種，口感不是甜酥就是鹹酥，形狀主要是圓形、長方形和橢圓形。

根據學者考證，「燒餅」最早是東漢時期班超（西元32～102年）通西域時，從西域傳來的。班超為後世留下一句「投筆從戎」的成語，丟下筆去參軍，意思就是文人從軍（出自《後漢書・班超傳》），班超自己就是這麼做的。

他們家是典型的書香門第，他的父親班彪（西元3～54年）、哥哥班固（西元32～92年）和妹妹班昭（約西元45～約西元117年）都是傑出的文學家和史學家，班超自己本來也是從事文職，但他少有大志，不甘於為官府抄寫文書，遂投筆從戎，隨名將竇固（生年不詳，卒於西元88年）出擊北匈奴，後來又奉命出使西域，在前後長達三十一年的時間裡，為大漢王朝收復了西域五十多個國家，貢獻巨大，直到六十八歲因老邁請求回朝，兩年後回到了當時的東漢首都洛陽，不久就病逝了。

由於班超通西域，積極促進了中原與西域的文化交流，不少西域物資因此傳入中原，「燒餅」就是其中之一。也正因為是來自西域，一直到了五百多年以後的唐朝，「燒餅」還經常被稱為「胡餅」，

「胡」這個字在中國古代就是專門用來稱呼北邊或西域的民族，而唐朝人吃的「燒餅」，無論是做法或是口味也都已經與今天幾乎無異。

提到「燒餅」，恐怕很多人都會想到元末明初的政治家、軍事家及文學家，同時也是明朝開國元勛劉伯溫（西元1311～1375年）著名的「燒餅歌」，這是一首據說相當準確的預言，但為什麼會以「燒餅」一詞來命名呢？這中間有一個小故事。

在西元一三六八年，也就是朱元璋建立明朝的那一年，一天早晨，朱元璋正在吃早餐，剛剛咬了一口燒餅，就聽到報告說劉伯溫前來覲見，由於劉伯溫向來是以神機妙算出名，民間經常都把他與三國時代的諸葛亮（西元181～234年）相提並論，流傳著「三分天下諸葛亮，一統江山劉伯溫；前朝軍師諸葛亮，後朝軍師劉伯溫」的說法，這時，朱元璋忽然想要測試一下劉伯溫，便把只咬了一口的燒餅先用碗蓋著，再召劉伯溫入殿晉見，然後叫劉伯溫猜猜看他剛才在吃什麼？

劉伯溫掐指一算，說了一句「半似日兮半似月，曾被金龍咬一口」，隨即表示，方才皇上是在吃燒餅吧。

「半似日兮半似月」，又像太陽又像月亮，可見朱元璋吃的這個燒餅是圓形的。劉伯溫果然厲害，不但算得出朱元璋是在吃圓形的燒餅，就連只吃了一口都算出來了。

叁 油條

長條形中空的油炸食品「油條」，是古老的中式麵食，也是中國傳統的早點之一，但「燒餅、油條」這兩個黃金搭檔，其實中間可是隔著漫長的歲月；在上一篇我們已經說過「燒餅」是來自於東漢班超通西域，「油條」則問世於南宋，兩者至少相差了一千年。

但這並非是說在南宋之前就沒有油炸麵食，譬如南北朝時北魏農學家賈思勰，在其所著《齊民要術》中記載了油炸食品的製作方法，而有一種現在被當成是日常點心的「鹹饊子」，就是一種歷史悠久、可追溯至兩千多年前春秋戰國時期的油炸麵食，是用水和麵，搓成細條，再扭結為環釧的形狀，然後油炸而成，口感酥脆香甜，在古代被稱為「寒具」，因為這是寒食節的食品。按習俗在寒食節這天禁火，只能吃冷食，自然就需要乾糧。

不過，儘管油炸麵食早就已經存在，「油條」源自南宋是確定的，這可說是中國人在油炸麵食上的一項創新。之所以說得這麼肯定，是因為這個事被記載在《宋史》裡。

《宋史》是二十四史之一，收錄於《四庫全書》史部正史類。按《宋史》記載，由於南宋抗金名將岳飛（西元1103～1142年）遭到秦檜（西元1090～1155年）迫害至死，遇害的時候才三十九歲，老百姓對此均非常悲憤，後來民間就出現一種油炸食品（「油炸檜」），顯然是老百姓以此來表達憤怒，因為在民間信仰中，惡人死後一定會下地獄，而在地獄中「上刀山、下油鍋」是對惡人極為嚴厲的懲罰。這個「油炸檜」就是「油條」。

「油條」問世後，就逐漸流行，在中國各地都很普遍，因此各地還有一些不同的叫法，在安徽一些地區叫做「油果子」，在山西叫做「麻葉」，在廣州及周邊地區叫做「油炸鬼」等等。

南方和北方「油條」的外形和口感不大一樣，北方的「油條」比較粗、比較長，也比較硬，有嚼勁兒，南方的「油條」則比較短，也比較酥軟。不過，不管是南方或是北方，

無論外形是兩條呈平行或是呈螺旋狀，都應該趁熱吃才好吃，如果放久了就會變得軟塌塌的，失去其應有的酥脆風味，看起來也覺得油膩，所以民間才會有一句帶著貶義的俗語「老油條」，形容一個人世故圓滑。

此外，「油條」也是中華美食中很好的配料，譬如「絲瓜炒油條」、「荷蘭豆百合炒油條」、「番茄燴油條」等等，都很不錯。

肆 羊肉泡饃

兵馬俑、華山、黃河壺口瀑布……凡是到陝西旅遊的人，一定都不忘品嘗羊肉泡饃，這是陝西最具代表性的美食。差不多在一千年前北宋大才子蘇軾（西元1037～1101年）就說「秦烹唯羊羹」，意思是說秦地（陝西）最喜歡羊羹（據說「羊羹」就是指羊肉泡饃）。羊肉泡饃暖胃耐饑，又十分美味，難怪廣受歡迎。

陝西簡稱「陝」或「秦」，這是因為在距今兩千多年以前的春秋戰國時代，今天的陝西省一帶是屬於秦國的疆域，秦朝又定都於咸陽（陝西省咸陽市）。

羊肉泡饃的歷史非常悠久，可以一直追溯至西元前十一世紀（距今三千年前），是西周的禮饌（「饌」這個字的本意是指陳設或準備食物），最初是為了進貢君王所發明，而且據史料記載，以羊肉烹製的羹湯，就是現今羊肉泡饃的雛形，後來一直發展到隋朝，出現了關於用羊肉羹和麵食混做的烹調形式，到了唐朝，不管是宮廷御膳或是民間飲食都已經很擅長製作這樣的美食。

可是，不知道為什麼，有一個關於羊肉泡饃的民間傳說，卻說這道美食是來自北宋開國皇帝趙匡胤（西元927～976年）。

趙匡胤出身軍人家庭，早年（在五代末年）曾經四處遊歷，還曾經寓居在襄陽的一座寺廟裡，得到一個善於看相的老和尚資助，然後往北走，在二十一歲那年從軍，投身於後漢樞密使郭威（西元904～954年）帳下。（襄陽就是今天的湖北襄陽，位於湖北省西北部，而湖北的西北與陝西是接壤的，似乎還算是有一點地緣關係。）

有一則民間故事就是以趙匡胤這段真實的經歷做為背景，說他早年四處流浪時（書上說的「遊歷」到了民間傳說變成了流浪），經常餓肚子，一天，身上只有兩塊乞討來的乾癟癟的饃。「饃」是中國傳統麵食，就是把麵粉加入水調勻，發酵後蒸熟而成的食品，成品外形多半為半球形。

據說這兩塊饃因為放久了，硬得難以下嚥，趙匡胤在經過一家賣羊肉的攤子時，就懇

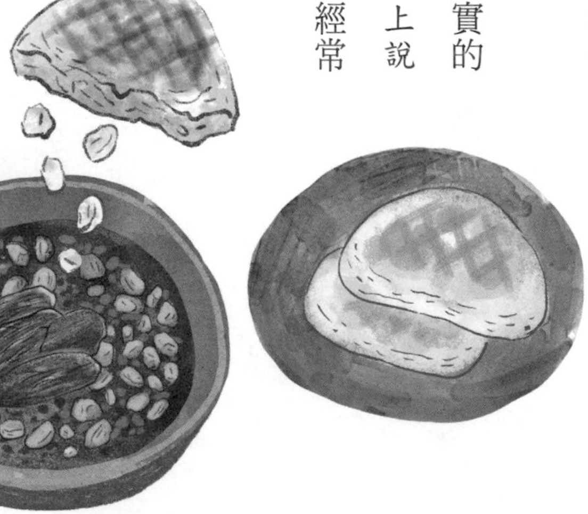

求人家給他一碗羊肉湯，然後把那兩塊饃泡在熱乎乎的湯裡，泡軟了吃，覺得風味非常好。後來趙匡胤當上了皇帝，一次出巡，經過那家小吃攤，心血來潮要老闆來一碗羊肉湯泡饃（大概是一種憶苦思甜的心理吧），這家小吃攤原本不賣饃，趕緊烙出幾個沒有發酵的餅，然後又怕這些餅不夠熟，就把餅掰碎放入羊肉湯，再加幾片羊肉一起煮了一會兒。趙匡胤吃了非常滿意，重賞了這個老闆，從此這樣的吃法就在民間流傳開來了。

羊肉泡饃要好吃，湯是最重要的，一般都是將骨湯和肉湯分開來煮，羊肉要先醃製十幾二十個小時，再煮八到十二個小時。那些味道特別好的店家經常都是一大早開門，中午左右就打烊，就是因為講究的湯做起來需要時間，不可能臨時現煮，所以他們都是每天只準備一大鍋，賣完當然就打烊了。

伍 春捲

「春捲」又稱「春餅」，將一張圓圓的薄麵皮，放上餡料，有葷有素，多半是雞蛋、肉丁、蝦仁、韭菜等混合餡料，然後拿去炸或煎製而成，是流行於中國各地的一道傳統美食，在江南等地尤其風行，每當農曆春節的時候，北方習慣吃餃子，南方則習慣吃春捲和芝麻湯圓。在南方還有不少地方，清明節也時興吃春捲。

不過，不管南方北方，雖然叫做「春捲」，卻不是只限於春天才吃得到，這一點是非常明確的。只要你喜歡，一年到頭都可以吃得到春捲。在很多中餐館的菜單上，「點心」這個類別中都看得到春捲，這是一種人氣很高的傳統小吃。

或許是因為春捲流行於中國各地，各地的口味多少總有些不同，而關於春捲的典故，也有好幾種不同的說法，在這裡我們就介紹一個比較特別的說法。這個說法指春捲的起源是與養蠶業有關。中國的養蠶業可是有著數千年的歷史，所以若按這個說法，春捲的歷史就非常悠久了。

據說在古老的年代，人們常常以麵為皮，內包餡料，做成蠶繭形狀的食品，用來祝願養蠶業興旺，稱之為「探春繭」。想想看當春捲包好，還沒拿去蒸或是炸的時候，看起來還真的挺像一個白白胖胖超級特大號的蠶寶寶呢。

到了南宋，「探春繭」已發展成都城臨安（今浙江杭州）街頭一種非常普遍、廣受歡迎的小吃。人們經常會把那個「探」字省略，而把這個小吃叫做「春繭」。

元代以後，建都大都（今北京），大批蒙古人移居中原，接觸到了「春繭」，也很喜歡，只不過蒙古人吃慣了牛肉、羊肉，所以他們的「春繭」餡料通常也都是以牛肉、羊肉、羊脂為主，和江南的春捲比較起來，顯得油膩得多，漸漸的，也不太有人知道「春繭」最早原來是與養蠶業有關，再加上「繭」和「捲」這兩個字的發音容易混餠，「春繭」就慢慢變成「春捲」了。

此外，春捲的皮除了麵皮，還有米粉皮、雞蛋皮、豆腐皮等等，餡料更是琳瑯滿目，是一種花樣非常豐富的小吃。

陸 燒賣

有一種說法，說「燒賣」起源自「包子」，這麼一想，感覺「燒賣」跟「包子」似乎真的存在著某種親戚關係，因為只要把「燒賣」一封口不就成了「包子」嗎？

對於一般大眾來說，除了個頭上的差異，頂部不封口、還做石榴狀的花邊，確實是「燒賣」與「包子」最大的不同，實際上製作這兩種麵食的麵粉也不同，只是這個部分屬於技術層次，普通人是分不出來的。

製作「燒賣」要用開水和麵，待麵半熟後，再加入冷水和的麵，以增加成型的力道，然後用一種比較特殊的擀麵杖來擀皮，這個擀麵杖中間粗、兩頭有把，看起來像個棒槌，用這種擀麵杖擀出來的皮薄而不平、四周有如花邊（要的就是這個效果），中間放入餡料以後，一提就成型，最後再蒸熟就行了。

「燒賣」是廣受歡迎的早點和小吃，尤其廣式飲茶更少不了它。由於頂部不封口，什麼餡料客人一目了然，點起來倒也方便。據說這樣的做法是源自明末清初。

當時有一對兄弟，以賣包子為生，後來哥哥結婚以後，嫂嫂要求分家，可是這個分家處理很不公平，包子店全歸哥哥嫂嫂，弟弟成了夥計，在店裡替哥哥嫂嫂打工。

好像無論中外，在民間故事裡手足之間老么總是會被欺負，而且也都很善良敦厚，不會跟大哥爭什麼，即使是受了委屈也只是默默的自己調適。這個故事裡的弟弟也是如此。既然成了夥計，所有營收自然就得上繳哥哥嫂嫂，可是他還是一個光棍，也想結婚啊，結婚要花錢，那錢要怎麼來呢？於是，弟弟就開始做一種不封頂、看起來像「包子」沒做完全的東西，放在單獨一區順便賣，叫做「捎賣」（「捎」就是順便給人帶個東西，譬如「捎個消息」），然後把賣包子的錢交給哥哥嫂嫂，賣「捎賣」的錢就自己存起來，這樣就清清楚楚。

後來，這個造型可愛的「捎賣」很受歡迎，口碑愈傳愈廣，只是在口耳相傳中，久而久之就變成「燒賣」了。

皮薄餡大的「燒賣」發展到今天，在外型上愈來愈小巧精緻，特色也益發突出，底部是圓的，腰部細細的，上面有花邊，看上去呈杯狀，十分美觀，已經不會讓人聯想到是「不封頂的小包子」，品種

（餡料）更是非常豐富，除了常見的糯米、香菇、白菜、瘦肉、蝦仁等等之外，各地還會融進自己的地方特色，比方說，南京的烤鴨很出名，在南京餐廳裡的「烤鴨燒賣」也就比其他地方還要普遍。

柒 鮮花餅

「鮮花餅」，又叫「玫瑰花餅」，現代鮮花餅大多用玫瑰花來做食材，當年在清末倒還不少會選用藤蘿花（紫藤蘿花），現在以藤蘿花做餡料的鮮花餅也還有，只是比較少。記敘清朝北京歲時風俗的《燕京歲時錄》中就說：「四月以玫瑰花為之者，謂之玫瑰餅。以藤蘿花為之者，謂之藤蘿餅。皆應時之食物也。」

這是雲南經典點心，也是中國四大月餅流派滇式月餅的代表

（「滇」就是雲南的簡稱）。另外三個月餅流派分別是廣式月餅、京式月餅和蘇式月餅。

不過，雖說是滇式月餅的代表，「鮮花餅」可是一年到頭都買得到，並不是只在中秋節前後才上市，它跟一般印象中的月餅也很不一樣，感覺就是一種以玫瑰花入料的酥餅，有花香沁心、甜而不膩，據說還有養顏美容等特點，是一種深具雲南特色的點心。

食用玫瑰花在中國大部分地區都有分布，但屬雲南種植的品質最好。雲南向來有「植物王國」、「鮮花國度」之稱，中國超過七成的鮮花都產自雲南，這得力於雲南的氣候四季如春，日照充沛，對於植物的生長來說，擁有得天獨厚的地理條件，這或許也是為什麼儘管北方也見得到「鮮花餅」，但在一般人的印象中「鮮花餅」仍是雲南特色點心的緣故吧。

關於吃玫瑰花的好處，《本草綱目拾遺》裡有相當清楚的記載。《本草綱目拾遺》是由清代醫學家趙學敏（約西元1719～1805年）所編著，成書於乾隆三十年（西元1765年），距離《本草綱目》刊行已將近兩百年，成書理念就是針對《本草綱目》做一番補充，即使《本草綱目》很經典，畢竟在兩百年這麼漫長的時間裡一定又有了很多新的發現。

根據史籍記載，「鮮花餅」問世於乾隆年間，深獲乾隆皇帝喜愛，乾隆皇帝還曾特別交代「以後祭神點心用玫瑰花餅不必再奏請即可」，意思是說「玫瑰花餅」是個好東西，用這麼好的東西來祭神那還有什麼問題，我當然會同意啊，以後直接去辦就是了，不必再來問我同不同意。

製作「鮮花餅」，鮮花的品質是關鍵，以「玫瑰花餅」來說，玫瑰花的採摘就是一項非常繁複且考究的工作，必須在每天清晨就開始採摘，此時葉片上的露珠都還清晰可見，然後在上午九點前便結束，因為九點以後氣溫開始上升，鮮花的香氣就會隨之揮發，進而影響到玫瑰花的品質；新鮮的玫瑰花採摘回來，要先去蒂，將花瓣一片一片溫柔的摘下來，再加入適量的砂糖輕輕的揉搓，然後根據花瓣乾溼的程度適當加入蜂蜜來調味，如此就能保留花香，去除苦澀，當然，在這個階段，砂糖多少算適量、蜂蜜多少算適當，就是充分考驗糕餅師傅經驗的時候。總之，很多人都說吃「玫瑰花餅」彷彿能吃得到花香，這並不誇張，原來是有糕餅師傅的心血和技巧在裡頭。

捌 小籠包

「小籠包」有很多名稱，各地的叫法不同，在武漢叫做「蒸包」，在江蘇南部、浙江叫做「小籠饅頭」，在四川、安徽南部叫做「小籠包子」……在國外叫做「小龍包」，「籠」這個字上面的竹字頭不見了，有人說可能是因為中國人是「龍的傳人」，在海外的中國餐館就喜歡以「龍」來代替「籠」，甚至有些餐廳還會把這道美食的英文名字叫做「Bruce Lee」，這是已故四十幾年的武打巨星李小龍的英文名字，只要有客人在點菜時說「我要李小龍」、「麻煩給我李小龍」，服務生就知道客人要點「小籠包」。

「小籠包」的歷史已經很難考證，但一般認為和北方的「灌湯包子」關係密切，應該是系出同門。據說「灌湯包子」源自北宋，顧名思義重點是「要將湯灌進包子」，也就是「包子裡有湯」（真不知這個點子最初到底是誰想出來的，肉餡裡有肉有湯吃起來真的很爽口，不會有油膩之感），總之「灌湯包子」就是將吃麵食、吃餡料與喝湯這三件事融於一體，湯的存在是最重要的，皮還要薄，薄到看上去要有透明之感。所以，在吃灌湯包子的時候一定要全神貫注，最好大家都不說話，兩眼緊緊盯著目標，專心對付，否則一不小心就會發生湯汁亂濺的慘劇！

吃「小籠包」也是如此，總得小心翼翼，恨不得在每個人的脖子上都套上一件超大的圍兜。

不少人判斷，應該是在西元一一二七年「靖康之變」以後，北宋滅亡，宋室南渡，就在這樣的過程中，北方的「灌湯包子」跟著來到了江南，再經過慢慢的發展，有了一番變動、創新和發揚。

個頭縮小是很可想見的，同樣的麵食譬如饅頭、包子、花捲等等，北方的個頭總是比南方的要大上許多，因此，只要把「灌湯包子」的個頭縮小，就很有「小籠包」的感覺了。

我們現在看到的「小籠包」，或者說現代形式的「小籠包」，是源自清朝道光年間的常州府（今江蘇常州一帶江南地區）。現在江南有很多以「小籠包」出名的百年老店，都是在清朝就開張的。

常州府歷史文化底蘊深厚，可以上追至春秋時期，光是今天的常州就是一座有著超過三千年歷史的文化古城，明清時期常州府的經濟相當發達，據說在「小籠包」出現以後，很快就大受歡迎，並且在江南各地開花結果，各地都出現了不同風味的「小籠包」，基本上都是講究皮薄湯足、鮮香美味，這一點是一致的。

玖 刀削麵

位於中國華北地區的山西，被稱為「麵食之鄉」，麵食種類非常豐富，其中最出名的首推「刀削麵」，被稱為「麵食之王」，在中國北方特別流行，是「中國五大麵食」之一（另外四個分別是河南燴麵、四川擔擔麵、北京炸醬麵和武漢熱乾麵）。

「刀削麵」的麵條很特別，每一根麵條都是兩邊薄、中間厚，看上去形似柳葉，稜角分明，入口的感覺則是外表滑滑的，軟而不黏，咬起來很有勁道，甚至愈嚼愈香，風味非常獨特。

這麼特別的麵條是怎麼做出來的呢？都是廚師用刀片一根一根

削出來的，所以才叫做「刀削麵」呀！其實，很多人喜歡吃「刀削麵」都是衝著看廚師「表演」、看廚師怎麼削麵條去的。手藝精湛的廚師，在削麵條的時候，動作飛快，經常都是「一根落湯鍋，一根空中飄，一根剛出刀，根根魚兒躍」，因為快，所以也有很多人將「刀削麵」稱之為「飛刀削麵」，聽起來是不是很有武俠味呢？

據說「刀削麵」是隋唐時期名將、後來做了唐朝駙馬的柴紹（西元588～638年）所發明的，柴紹就是晉州臨汾（今山西

臨汾）人。可惜書上都沒說柴紹是在什麼情況下發明了「刀削麵」。一千多年以來，「刀削麵」麵條的製作方法幾乎沒有改變，都是由廚師一手托著麵團，一手拿著一把弧形刀，「刀不離麵，麵不離刀」，以非常利落迅速的動作，將麵條一根一根直接削進開水鍋裡，看看削的分量差不多了，煮熟後撈起來，然後加入各種口味的配料、調料就可以食用。

儘管「刀削麵」的麵條非常特別，口感也很好，一直受到很多消費者的喜愛，但畢竟實在是太考驗廚師的手藝了，因此近年來市面上出現了一種「刀削麵機」。一臺小型的「刀削麵機」相當於四、五個刀削麵師傅的工作量，而且這種機器還有揉麵的功能，可以將揉麵和刀削一氣呵成，削出的麵條將直接飛送入鍋，這麼一來，即使是普通老百姓也可以自己在家享用「刀削麵」，對於麵館來說就更是提高了效率，只是——見不到飛刀削麵的畫面，好像連帶使得吃「刀削麵」的樂趣也減少了許多哪。

拾 皮蛋

深具中國傳統風味的「皮蛋」，既可以單獨做為一道小菜「涼拌皮蛋」，同時也是很好的配料，可以和其他的食材做搭配；中華美食裡用到皮蛋的有好幾道，譬如「三色蛋」、「皮蛋豆腐」、「上湯菠菜」、「上湯娃娃菜」、「皮蛋瘦肉粥」等等。

「皮蛋」主要的材料通常是鴨蛋，也可以是雞蛋。一般認為「皮蛋」很可能是由北魏《齊民要術》記載的「鹽鴨蛋」演化而來，而明確記載「皮蛋」的則見於明朝的書籍（在西元第十六世紀初）。

關於「皮蛋」的起源，有好幾種不同的說法，比方說，相傳在明朝末年，江蘇吳江縣有一家茶館，經常高朋滿座，生意很好，有時老闆忙不過來，就會圖省事而隨手將泡過的茶葉隨便倒在爐灰裡。老闆養了幾隻鴨子，也不知道為什麼老喜歡跑到爐灰這裡來下蛋。一天，老闆在清除那些爐灰和茶葉渣時，意外發現幾個被他漏撿的鴨蛋，一開始老闆以為一定是不能吃了，沒想到剝開一看，裡面居然黑黑亮亮，上面還有

一些白色的花紋，湊近一聞，有一種特殊的香味，在他好奇的嘗了一口之後，發現滋味特別好，據說這就是最早期的「皮蛋」，後來經過很多人不斷的摸索和改進，才有了近代的「皮蛋」。

又如，還有一種說法指「皮蛋」出現在元朝末年。據說朱元璋（西元1328～1398年）在起義的時候，曾經派人在洞庭湖一帶收集鴨子和鴨蛋，想要為士兵們改善伙食，而鴨蛋收集多了，如何保鮮和保存就成了一個問題，後來朱元璋採取鴨農提供的辦法，叫人把鴨蛋用鹽、石灰和茶葉末醃製起來，有人叫它「涼蛋」，有人叫它「鹽灰蛋」，還有人叫它「灰滾蛋」，後來當然也是經過一系列的改良，終於成為近代的「皮蛋」。

過去以傳統方式製作的「皮蛋」經常有含鉛量過高的問題，已經遭到淘汰，近代研製出的無鉛皮蛋雖然理論上已經沒有這方面的顧慮，不過一般仍認為，吃「皮蛋」還是要適量比較好。

拾壹 鍋貼

「鍋貼」是中國北方一道著名的傳統小吃，在全國各地都很普遍，屬於煎烙餡類的食品。

據說「鍋貼」源自北宋初年，而且「鍋貼」這個名字還是宋太祖趙匡胤（西元927～976年）命名的。據說是在建隆三年的正月，這天午後，照說按慣例宋太祖應該接受百官朝賀新春，但是因為皇太后的喪事剛剛結束不久，宋太祖心情低落，飯也吃不下，就獨自在院中散步，走著走著忽然聞到一股香味，便好奇的循著這股香味來到了御膳房，看到幾個御廚正在將一些剩下沒煮完的餃子（請注意，是「沒有煮完的餃子」），放在鐵鍋裡煎著吃。

皇帝突然駕到，那幾個御廚一定都嚇死啦。此時，宋太祖覺得胃口大開，便說也要嘗嘗，一嘗之下覺得非常好吃，便問這叫做什麼呀？御廚們面面相覷都答不上來，宋太祖看了看那些貼著鐵鍋煎著的餃子，就隨口說「那就叫鍋貼吧」。

不久，宋太祖還特別要御廚做好吃的鍋貼來讓大臣們一起享用。御廚們把鍋貼從口味到外形都趕緊做了一番改進，推出之後大家都讚不絕口，之後就跟很多源自皇家的美食一樣，「鍋貼」很自然的傳到了民間。

剛才為什麼要強調御廚們是把「沒有煮完的餃子」拿來煎呢？這是因為很多人都分不清「鍋貼」和「煎餃」，其實這兩種看似很像的麵食點心，最重要的區別就在於「煎餃」要煮，不管是先煎後煮，還是先煮後煎，總之都少不了「煮」這個程序，可是「鍋貼」不用，「鍋貼」只能煎，千萬不能加水去煮，而且在煎的過程中還要不斷的轉動鍋子，頂多揭開鍋蓋淋一點水，煎餃則不需要一直去動鍋子和鍋蓋，只要蓋上鍋蓋一次就成功。

從某種意義上來說，日本的餃子其實就是我們所說的「鍋貼」。「鍋貼」的形狀各地不同，一般看起來都是「細細長長的餃子」、一種好像「把餃子拉長」的感覺，月牙形也很普遍。天津的「鍋貼」外形則比較特別，看起來像「褡褳火燒」——這又是什麼呢？

「火燒」，是中國北方一種傳統小吃，有圓形也有方形，看起來像「燒餅」，主要食材為麵粉、鮮肉、花椒和香蔥，色澤金黃，外皮酥脆，口感相當的鹹香鮮美；而「褡褳」是指過去一種長方形的口袋，中央開口，兩端各成一個袋子，可以用來裝錢、裝東西，一般分大小兩種，小的可以掛在腰間，大的可以搭在肩上。「褡褳火燒」就是用麵片裝入餡料，兩面折上，另外兩面不封口，然後放入平鍋裡頭去油煎，煎至金黃色，再起鍋上桌，趁熱食用，因為是呈長條形，有時候還對折，類似古代背在肩上的「褡褳」，因此叫做「褡褳火燒」。

天津的「鍋貼」，乍看和「褡褳火燒」挺像，畢竟還是有所不同，口味倒是相當近似。

拾貳 涼皮

「涼皮」，是擀麵皮、麵皮、米皮和釀皮的統稱（前面三種應該很好理解，所謂「釀皮」是指用麵粉漿汁蒸出來的麵皮），起源於陝西關中地區，是漢族的傳統美食，原本在中國北方特別流行，但是後來在南方也頗受歡迎，尤其一到炎炎夏日，經常可見它的蹤跡。

一看「涼皮」起源於關中地區，就知道一定是歷史悠久。古人習慣上將函谷關以西地區稱為關中（函谷關位於今天河南省三門峽市），就是今天中國西北地區的東部，在戰國時代、尤其是在「鄭國渠」修好以後，關中就成了物產豐富、帝王建都的風水寶地。

在戰國時代，人們認為米、麥都是健康食品，一直到明朝，著名醫藥學家李時珍（西元1518~1593年）的《本草綱目》上也說「米能養脾，麥能補心」，屬於米麥製品的「涼皮」自然也是很多人心目中的健康食品，號稱「春天吃能解乏，夏天吃能消暑，秋天吃能去溼，冬天吃能保暖」，反正 年到頭都是吃「涼皮」的好時節，不過因為「涼皮」一般都是做為涼菜，都是吃冷的，所以在寒冷的冬天，有人會將「涼皮」拿去加熱。

「涼皮」是以白米粉為原料製成，最早產於陝西省戶縣的秦鎮，秦鎮就是秦渡鎮，位於西安戶縣灃河西岸，西周時期這裡曾是京畿之地，氣候溫和，土壤肥沃，所產的稻穀品質非常優越，而以此地稻穀磨漿製成的米麵皮子，色白光潤，賞心悅目，吃起來又十分柔韌爽口，口感很好。

相傳「涼皮」源自秦始皇時期，至今已有兩千多年的歷史。話說有一年關中大旱，灃河缺水，戶縣秦鎮一帶的稻田幾乎都乾枯了，大家心急如焚，拼命挖井，好不容易才終於找到一些水源，以此澆地，總算長出了一些稻穗，可是勉強收割後，所碾出的白米又小又乾，品質很差，根本沒辦法完成納貢任務。然而，官府明明知道年頭不好，卻毫無體恤之心，還是一個勁兒的死催活催、只顧催著老百姓繳納糧食，簡直要把老百姓逼到絕路。

這時，有一個名叫李十二的人想到一個好辦法，試著把這些並不理想的米碾成米麵，蒸出麵皮，大家吃了以後都覺得滋味很棒，這就是「涼皮」。（想想看，用不怎麼理想的米都可以製作出不錯的「涼皮」，如果是收成良好、用優質的米來製作，一定就更好了。）

據說秦始皇在品嘗了戶縣秦鎮奉上的「涼皮」之後，大為讚賞，不但沒追究他們這年繳納糧食不夠的問題，甚至還指定今後都將該地所製作的「涼皮」做為皇家貢品。

拾叁 窩窩頭

「窩窩頭」原本在中國北方很普遍，在南方倒不常見，這是因為「窩窩頭」是用玉米麵或雜合麵做成，而南方麵食的口感向來比較鬆軟，因此在過去比較不容易買到正宗的玉米粉、黃豆粉等粗糧粉，不過現代社會物流如此便利，早就克服了這方面的問題，所以現代在南方也經常可以見到「窩窩頭」了，還是餐廳裡很受歡迎的麵食，尤其是在「吃粗糧有益健康」的觀念下，「窩窩頭」更是受到很多食客的青睞。

「窩窩頭」這個名稱是怎麼來的？據說這個名稱至少從明朝時

就已經出現，跟它的外型有關，呈圓錐狀，上面小、下面大、中間是空的，底下有個孔（這是為了讓它蒸起來很容易熟），這個孔按北京的俗語叫做「窩窩兒」，而另一方面又因為這個食品屬於和饅頭一樣的主食，因此北京人就稱它為「窩窩頭」了。

「窩窩頭」的個頭有人有小，大的有半斤重，小的也有兩三兩，現代社會在餐廳裡供

應的當然都是小個頭的「窩窩頭」，還會配上菜餚，讓客人把菜餚塞進它中間空心的地方一起吃。

關於小個頭的「窩窩頭」，有一個說法來自於慈禧太后（西元1835～1908年）。據說在清末八國聯軍打進北京的時候，慈禧太后帶著一群皇親國戚倉皇出逃，一路西行，途中吃過粗糧製成的大個頭「窩窩頭」，由於之前慈禧太后沒吃過「窩窩頭」，覺得很新鮮，而且當時可能正是肚子餓吧，吃起來就格外覺得好吃了，後來回到宮中，一天，心血來潮，要御膳房再做那個好吃的東西，可是，等到御膳房把東西送上來，慈禧太后一吃，覺得硬邦邦的，而且什麼滋味都沒有，難吃死了，生氣之下便處罰了幾個御廚，吩咐御膳房再做！

廚師們都很傷腦筋，因為「窩窩頭」就是這樣的啊，怎麼辦呢？有廚師就建議，不妨把民間的「窩窩頭」加以改良吧！

於是，他們就用玉米麵、黃豆粉、栗子粉再加入一點點糖，做成小「窩窩頭」，一兩一個，並佐以菜餚一起送上，這回慈禧總算是吃得滿意了。之後「窩窩頭」這種做法和吃法傳入民間，也很受歡迎。

拾肆 驢打滾兒

在眾多老北京的點心當中，若要問知名度，有著濃郁黃豆粉的香味、吃起來又香、又甜、又黏的「驢打滾兒」應該是名列前茅。林海音（西元1918～2001年）以北京城南為背景的《城南舊事》，其中有一個篇章就叫做「驢打滾兒」。

相信每一個第一次聽到「驢打滾兒」這個名字的人，都會很好奇這麼可愛的名字是怎麼來的？為什麼會叫這個名字？到底這是一種什麼樣的點心？這個點心有黃、黑和綠三個顏色，簡單來講就是把黃米先蒸熟，包上黑糖，最後再放進綠豆粉裡滾一滾，想像中就彷彿是一頭驢子（指包著黑糖的黃米）在綠色的草原（指綠豆粉）上打滾，這就是「驢打滾兒」。不得不說這個命名還真是童話味十足。

「驢打滾兒」源自清朝（或說源於滿洲），最初是宮廷點心，據說是來自於一次意外。

相傳有一個小太監，名叫小驢，一天，御廚為皇上做了一道點心，是蒸年糕，小驢負

責要端去給皇上，途中他一不小心手一滑，年糕掉進了一桶綠豆粉裡，小驢趕緊把年糕撿起來，可是年糕表面已經沾滿了綠豆粉，怎麼也不可能弄乾淨，這個時候要再重做蒸年糕也不可能，在時間上根本來不及，怎麼辦呢？

沒辦法，小驢只好硬著頭皮把沾了綠豆粉的蒸年糕送去給皇上，忐忑萬分的想著只要皇上不介意就好了。結果，事情的發展遠比小驢期望的還要順利，皇上非但不介意，居然還滿喜歡的，就問小驢這道點心叫做什麼？小驢當場急就章的編了一個名字，說叫做「驢打滾兒」。

由於清朝的八旗子弟本來就比較喜歡吃黏食（可能一方面也是因為滿族的狩獵生活經常都是早出晚歸，黏食比較耐餓吧），後來御廚又針對這道意外誕生的點心做了一些改進，很快的便廣受皇親貴族的歡迎，進而又流傳到民間，成為一種別具特色的風味小吃。

「驢打滾兒」的製作工序相當講究（不愧是來自宮廷的點心啊）。它的原料是用黃米麵加水蒸熟，和麵的時候要稍微多加一些水分讓麵團和軟些，另外再將黃豆炒熟，軋成粉麵，然後把蒸熟黃米麵的外面沾上黃豆粉麵擀成片，抹上赤豆沙的餡（也可以用紅糖），捲起來，餡要捲得很均勻，層次分明，這樣才會好看，最後切成一個一個的小塊，撒上一點白糖就可以上桌了。

拾伍 綠豆糕

「綠豆糕」是中國傳統糕點，更是炎炎夏日的消暑小食。

優質的「綠豆糕」都是選用天然綠豆粉製成，所以在視覺效果上其實並不是綠色，而是微微偏黃，跟煮熟以後的綠豆湯的顏色差不多，如果綠豆

糕是綠色，那反而表示一定是添加了人工色素。

如何辨別優質的「綠豆糕」？除了色澤，還可以從口感來判斷，如果是選料精細，口感就是細潤緊密，吃起來綿綿軟軟不黏牙，但品質不佳的「綠豆糕」就大多都是甜得發膩，吃起來很容易黏牙。

「綠豆糕」之所以會是廣受歡迎的傳統糕點，有人說最初恐怕主要還是基於「藥食同源」的觀念，因為綠豆具有清熱解暑的功能，《本草綱目》中就記載了吃綠豆對身體的諸多益處，因此以天然綠豆粉為主要材料的「綠豆糕」就是很好的初夏食品，每當端午節到來，民間都盛行吃粽子、鹹鴨蛋、綠豆糕和雄黃酒等等。

不過，這個說法也不是絕對的，譬如在南方樟林古港（位於廣東省汕頭市）就盛行在中秋節的時候吃綠豆糕。樟林古港始建於明朝嘉靖年間，是歷史上廣東東部第一大港，在唐代的時候還只是一個小漁村，因為樟樹茂密成林而得名，到了明清才愈來愈熱鬧，尤其是在西元第十七世紀末，清朝正式開放海禁以後，樟林港埠的商人就紛紛造船出海去做生意。每逢中秋佳節，當地的婦女都會製作「綠豆糕」，久而久之「綠豆糕」便成為潮汕地區中秋糕點中的重要角色。

「綠豆糕」按口味大體上也有南、北之分。北方口味就是京式口味，在製作過程中不加任何油脂，所以入口之後雖然鬆軟，但沒有油潤的感覺；南方口味就是蘇式和揚式口味，在製作過程中會添放一些油脂，口感除了鬆軟之外，也會覺得比較細膩。

近代還出現了很多各式各樣的「綠豆糕」，有加上燕麥的、豆沙的、抹茶的、巧克力的、咖啡的，特別受到年輕人的喜愛。

拾陸 老婆餅

「老婆餅」的外皮是漂亮的金黃色，皮薄餡厚，餡料是小麥粉、糕粉、芝麻、糖冬瓜、飴糖等等，入口即化，味道香酥，是廣式點心中廣受喜愛的一種糕餅，出自廣東潮州。

關於「老婆餅」的起源，一看這個名字就知道是來自一個心靈手巧的婦女，類似於「麻婆豆腐」、「宋嫂魚羹」的命名，也是以一個女性為主。其中一種說法，指「老婆餅」是來自一位糕餅師傅的老婆。

相傳在清朝末年，廣州有一家茶樓，以各式點心和糕餅馳名。一天，茶樓裡的一位糕餅師傅要回家鄉潮州探望親人時，帶了好多店裡的招牌糕餅，本是想讓老婆嘗嘗大城市裡的好東西，沒想到老婆嘗了以後直說不怎麼樣，還不如自己娘家的家常點心呢！糕餅師傅不信，叫老婆做來瞧瞧，結果老婆一出手，便知有沒有，還真的做出一種超好吃的小圓餅，看上去很可愛，吃起來很可口，令這個糕餅師傅不得不服氣。

過了幾天，當他要返回廣州時，就要老婆多做一些小圓餅，讓他帶回去請茶樓裡其他幾位糕餅師傅嘗嘗。果然，大夥兒品嘗之後也都大為誇讚，忙問這是哪家茶樓、哪家糕餅店做的？怎麼大家都不知道在廣州有這麼厲害的競爭對手啊，糕餅師傅就驕傲的說，才不是這裡的糕餅師傅做的，是我老婆做的！

因為這個小圓餅沒有名字，所以大夥兒就叫它「老婆餅」。

還有另外一個關於「老婆餅」起源的說法，時間至少提早了五百多年，而且做出這個小圓餅的婦女可是大有來頭，是馬皇后（西元1332～1382年）。

馬皇后是明朝開國皇帝朱元璋（西元1328～1398年）的結髮妻子，二十歲那年嫁給朱元璋，當時朱元璋二十四歲。婚後兩人的感情很好，後來朱元璋做了皇帝以後，對馬皇后還是一直非常尊重。馬皇后在歷史上以賢惠著稱，即使貴為皇后，仍然保持著節儉樸實的生活作風，經常帶領公主、嬪妃們一起刺繡和紡織，對每一個嬪妃也都很照顧，在封建時代，這樣不把嬪妃視為眼中釘的皇后實在非常難得，大家都很尊敬她。

馬皇后享年五十歲。在她病逝以後，朱元璋很傷心，從此不再立皇后。

朱元璋從二十四歲開始參加起義軍，反抗元朝，到四十歲時在應天府（今南京）稱帝，國號大明，這中間經過十幾年的奮鬥。在他早年創建帝業的日子裡，馬皇后都是和他患難與共，據說「老婆餅」就是馬皇后做出來讓士兵們做為便於攜帶的乾糧，只不過當時無論外觀和口感都相當粗糙，後來經過一些糕餅師傅的改良，才變成現在我們吃到的「老婆餅」。

拾柒 八寶酥

「八寶飯」、「八寶粥」、「八寶雞」、「八寶鯽魚」、「八寶辣醬」……在中華美食裡，帶著「八寶」這個詞的還真不少，「八寶酥」也是其中之一。

「八寶酥」又稱為「少林八寶酥」，這是少林僧人的傳統食品，已經有一千多年的歷史，是用猴頭（猴頭菇）、白果（銀杏）、靈芝、茯苓（一種中藥），以及銀耳、木耳、香菇、嵩菇（都是傳統的食用菌）這八種山珍製成的八種香酥糕點，總稱為「八寶酥」。

少林寺為世界文化遺產，是中國佛教禪宗祖庭和中國功夫的發源地，位於今河南省登封市嵩山五乳峰下，始建於西元五世紀末（北魏年間），因為座落於少室山的茂密樹林之中（這裡屬於嵩山的腹地），所以叫做少林寺。

少林寺和唐太宗李世民（西元前598～649年）頗有淵源。在唐朝初年，寺裡有十三個和尚因助唐有功（有一說是指當李世民還是秦王的時候，在一次帶軍平定洛陽時被抓，後來被少林僧人救出），受過唐太宗的封賞，唐太宗並且稱少林僧人為「僧兵」，少林寺因此名揚天下，被譽為「天下第一名剎」。

據說「少林八寶酥」得到唐太宗的肯定，被唐太宗讚美為「稀世珍味」。那是在李世民即位三年後，一天駕臨少林寺，寺裡準備了豐盛的筵席接駕，但李世民這天不知道是胃口不太好還是怎麼的，對著一桌美食似乎都提不起興趣，唯獨願意品嘗那些糕點，興致勃勃的嘗了一種又一種，在吃得津津有味之餘，詢問僧人這些糕點叫什麼名字，僧人回答是專門為迎接皇上聖駕所製作的「八寶酥」。

受到皇帝的誇讚，從此「八寶酥」之名就不脛而走，凡是來到少林寺燒香禮佛的香客都希望也能夠嘗嘗那個「皇上說很好吃」的點心，畢竟皇上還有什麼好東西是沒吃過的呢？如今皇上都說好吃，那一定是好吃得不得了了。

在晚唐時期，由於唐武宗李炎（西元814～846年）加強中央集

權，對內積極打擊藩鎮，還進行一系列毀佛運動，少林寺也受到一定程度的毀壞，再加上善於製作八寶酥的僧人又陸續凋零，造成八寶酥一度失傳，到了近代，隨著少林寺成為一個熱門的旅遊景點之後，經過寺裡眾多僧人的研究，才使得唐太宗口中的「稀世珍味」重見天日。

拾捌 冰糖葫蘆

「冰糖葫蘆」是中國傳統小吃，這裡的「葫蘆」，並不是真正的葫蘆，而是山楂（應該說是山楂的果實）。山楂是一種落葉喬木，果實是深紅色，近似球形或是梨形，因為把好幾個山楂串在一起以後看起來像葫蘆（應該說是像好幾個呈直線排列的小葫蘆），而葫蘆又是中華民族最古老的吉祥物之一，所以這種吃起來又酸又甜的小吃，就叫做「冰糖葫蘆」了。

「冰糖葫蘆」是怎麼來的呢？據說源自南宋，不過關鍵還是跟中國民間長期以來都相信山楂對身體有益這一點有關。

相傳在宋光宗（西元1147～1200年）年間，一回因愛妃黃貴妃生病，什麼都吃不下，眼看就這樣一天一天的消瘦下去，吃過很多藥都不見有什麼起色，宋光宗急得要命，就張貼皇榜求醫，不久有一個民間的醫生（有「江湖異人」之說）來為黃貴妃看病，然後說只要把山楂和紅糖一起煎熬之後，每次在飯前吃五到十顆（似乎頗有開胃菜的概念），連續吃上十五天就行了。宮中照辦，十五天以後，黃貴妃果然就痊癒了。

這個偏方流傳到民間以後，就逐漸演變成將山楂串在一起。由於山楂在中國各地幾乎都有種植，果實很容易取得，「冰糖葫蘆」很自然就成為在各地都很受歡迎的小吃，有些地方還有不同的叫法，譬如在天津叫做「糖墩兒」，在安徽鳳陽叫做「糖球」，還有很多地方都叫做「糖葫蘆」。這種小吃在北方的冬天格外受歡迎，在冬天的時候吃，「冰」的滋味就更強烈了。

「冰糖葫蘆」的製作方式大致是以下幾個程序。

首先要挑選新鮮飽滿、大小均勻的山楂果實，大小均勻串起來才好看。把這些果實一一去根去蒂並洗淨，再攔腰切開，把果核去掉，加入豆沙之類的餡料，再將果實合起，然後一個一個用竹籤串起來。

其次，將糖與水按二比一的比例倒入鍋中，用猛火熬二十分鐘左右。在熬糖漿的時候盡量不要吹風，糖色才會透亮。

「冰糖葫蘆」做得好不好，熬糖漿是最關鍵的步驟，一定要注意火候，如果火候不夠，糖漿容易發黏，吃的時候很容易黏牙，火候太過，吃起來又會發苦，顏色也不好看。在熬糖漿時不妨攪拌，看時間差不多了就用筷子蘸一下糖漿，如果能稍微拉出細絲，就表示已經好了。

第三步，把串起來的山楂蘸上糖漿。這個階段很需要技巧，糖漿要蘸得均勻，又不能太厚，如果太厚，一口咬下去吃到的全是糖是不行的，力求只蘸薄薄的一層。

最後一步，就是將蘸好糖漿的山楂串冷卻。如果自己在家做，可以就放在砧板上，當然砧板事先要放在清水裡多浸泡一下。

讀後活動

字字玄機

【飲食文學篇】

請根據提示，將正確的語詞填入空格中，動動你的腦，一起參加這一場挑戰吧！

提示：

直行

1. 比喻以假亂真。
2. 危險動作，會讓火瞬間變大。
3. 指供給生活所需的人。
4. 比喻報恩隆厚。
5. 比喻所教過的學生非常多。
6. 出自《水滸傳》中武松的故事。
7. 比喻只會吃喝，而不會辦事的無能之人。
8. 比喻決心異常的堅定，不留後路。
9. 句踐復國的故事，比喻刻苦自勵。
10. 比喻人發跡後飛黃騰達，身價百倍。

橫行

一、泛指物產富庶之地。
二、華美的衣食。
三、藉著喝酒來排遣愁悶。
四、粗糙簡單的飲食。
五、《晏子春秋》中的故事，表示用計謀殺人。
六、比喻防守非常嚴密。
七、商紂王在上層社會帶起的糜爛奢侈之風，造成糧食的浪費。
八、容易讓人引起懷疑的舉動。
九、形容從根本來解決問題。
十、歇後語，下句是「願者上鉤」。

1 一	米					2 火		二	3		食
				三			愁		父		
珠									母		
			4 一								
四	茶						五 二	5		6	士
	六 固										
										過	
7 七			林		八 瓜			下			
											10
飯		8			9 臥		十			釣	
		九	底								跳
		舟									

【解答】

1一 魚	米	之	鄉			2 火		二 錦	3 衣	玉	食
目						上			食		
混				三 借	酒	澆	愁		父		
珠						油			母		
			4 一								
四 粗	茶	淡	飯				五 二	5 桃	殺	6 三	士
			千					李		碗	
	六 固	若	金	湯				滿		不	
								天		過	
7七 酒	池	肉	林		八 瓜	田	李	下		崗	
囊											10 鯉
飯		8 破			9 臥		十 姜	太	公	釣	魚
袋		九 釜	底	抽	薪						跳
		沉			嘗						龍
		舟			膽						門

國家圖書館出版品預行編目資料

山珍海味文學宴／管家琪文；
尤淑瑜圖. －初版 . --臺北市：幼獅, 2021.04
面； 公分. --（故事館；79）

ISBN 978-986-449-222-0（平裝）

802.183 110002232

故事館079

山珍海味文學宴

作　　者＝管家琪
繪　　者＝尤淑瑜
出 版 者＝幼獅文化事業股份有限公司
發 行 人＝葛永光
總 經 理＝王華金
總 編 輯＝林碧琪
主　　編＝沈怡汝
編　　輯＝白宜平
特約編輯＝陳秀琴
美術編輯＝游巧鈴
總 公 司＝10045臺北市重慶南路1段66-1號3樓
電　　話＝(02)2311-2832
傳　　真＝(02)2311-5368
郵政劃撥＝00033368

印　刷＝崇寶彩藝印刷股份有限公司
定　價＝310元
港　幣＝103元
初　版＝2021.04
三　刷＝2023.05
書　號＝984252

幼獅樂讀網
http://www.youth.com.tw
e-mail:customer@youth.com.tw
幼獅購物網
http://shopping.youth.com.tw/

行政院新聞局核准登記證局版臺業字第0143號